杨存时 著

心路

陕西新华出版
陕西旅游出版社

图书在版编目（CIP）数据

心路 / 杨存时著. — 西安 : 陕西旅游出版社, 2018.2（2024.1重印）
ISBN 978-7-5418-3557-5

Ⅰ. ①心… Ⅱ. ①杨… Ⅲ. ①中国文学－当代文学－作品综合集 Ⅳ. ①I217.2

中国版本图书馆CIP数据核字(2017)第269685号

心路 **杨存时 著**

责任编辑：邓云贤
出版发行：陕西旅游出版社（西安市唐兴路6号 邮编：710075）
电　　话：029-85252285
经　　销：全国新华书店
印　　刷：盛大（天津）印刷有限公司
开　　本：787mm×1092mm 1/16
印　　张：15
字　　数：187千字
版　　次：2018年2月 第1版
印　　次：2024年1月 第2次印刷
书　　号：ISBN 978-7-5418-3557-5
定　　价：68.00元

序

用心诠释人生的价值和意义

〇文/常智奇①

一个人的社会价值，是由其所处社会发展的客观规律决定的。杨存时先生是20世纪80年代初毕业于陕西师范大学的高才生，他的青少年阶段正是中国社会的历史大变革、大发展、大创新时期。在摧枯拉朽、暴风骤雨的历史洗礼中，他从渭北高原一个贫苦农民家庭走出来，经风雨，见世面，惊雷霆，顶霜雪，餐风宿野，挑灯苦读，泥腿下乡，艰辛从政，不忘专业，学以致用。他用《心路》一书诠释着自己大半生追求的人生价值和意义。

前半生的杨存时先生，是在政治人格与文化人格之间行走的艰难爬涉者。政治人格：重现实，立足群体意识，坚持道德原则，追求社会和谐，讲求理性修为，强调“为官一任，造福一方”，为天地立心，为生民立命；文化人格：重理想，立足个体人格，坚持独立意识，为人真诚，具有诗性情怀，强调人的生命在社会历史发展中的价值和意义。杨存时先生在这二者之间的夹缝地带保持定力，自强不息，奋力拼搏，砥砺前行。

①常智奇，陕西武功人，文学硕士，著名文艺评论家、作家。现为陕西省作协创联部主任、研究员，被授予“优秀文艺工作者”“有突出贡献拔尖人才”的称号，享受陕西省政府特殊津贴。

杨存时先生的出身、阅历、教养、气质等，为他所取得的成就提供了一定条件。他有精忠报国的情怀，有经过岁月洗礼后的顿悟，有自小学以来长期任学生干部的经历，如果他大学毕业后一心一意、目标专一地从政，把全部的心思、智慧和汗水用在这方面，一定会获得比今天更高的成就；他有科学救国的才华和悟性，在学校欢送初秋七一届毕业生大会上的发言讲得非常好；他在大学阶段写的实习考察论文充分体现出超群的才华；1976 年他创作的小戏经排练后进行了汇演，如果他一心一意、目标专一地朝着这个方向走，一定会在这条道路上走得更远。然而，人是社会关系的总和，人是社会历史的分子，在现实生活中的许多情况下，由事不由人。杨存时先生青春年少时也有站在历史发展总趋势潮头的梦想，而历史将他从事工作的行政级别定格在社会基层科级干部的位置，但他的地理专业水准和文字水平却达到了一定高度。

他，毕竟还是生活的幸运者。一个农家子弟，一个从渭北高原走出来的穷苦人家的孩子接受了高等教育，以所学知识回报这片养育他的土地，而且做出了重大贡献，赢得了广泛的认可和赞誉。他生活得很充实，享受到了工作的愉悦，成功的喜悦。他生活得很有尊严，可以说是他生命价值的体现。

读过杨存时先生的《心路》初稿和他另外一些书籍，我为他在行政与专业之外还能有这样的文字创作成就而高兴。我觉得，他的地理、史志方面书稿的价值要大于他创作的文学作品价值，他的《彬州地理》《彬州梨》《彬县教育志》等著作都带有夯基性的、填补当地文献空白的价值和意义。他是一个基层干部，却干出了一般基层干部没有做到、也难以做到的事情。仅就这一点，我非常佩服和敬重他。

《心路》是杨存时先生从20世纪末到21世纪初，忠诚于党的事业，努力服务于基层，深入群众，与群众打成一片，把自己的青春和生命贡献给党的事业，“为官一任，造福一方”的情感记录。这是一本心系文情、不忘初心、亦政亦文、又红又专的散记，映射出杨存时先生所处时代的政治、经济、文化、科技，乃至民风民俗、人情世故的光色。这其中除了小说、散文外，更多的是个人成长过程中和从政时的一些讲话、漫谈、随笔、杂记等，它们直接表现了杨存时先生的思想修养、道德情怀、政治素质、人文素质，无疑为本书增加了生活的真实感和生命的价值感。

我读《心路》，读别人对杨存时先生及其作品的评论文章，其实就是在读杨存时先生用生命谱写的人生经历，是读一个基层干部的家国情怀，读社会历史的光色在一个基层干部心灵世界的反映。《心路》给我的启示是：我吃的是文字饭，但在生活和工作中没有如他一样的毅力，没有如他一样的执着和追求，没有如他一样关注现实存在的针对性和迫切性。他骨子里对广大群众和古豳大地的赤子之情，给我以努力写作的力量。

杨存时先生已从一线岗位上退了下来，他有更多时间可以用在写作上，不求成家，但求愉悦。衷心希望他身体健康，生活愉快，人书俱老！

2017 年 7 月 27 日

于古都长安大明宫遗址公园

目录

第／三／辑　杂文

第/四/辑 诗歌

第 / 五 / 辑　其他

附　录

第/一/辑 散文

怀念父亲

父亲是一位地地道道的庄稼人，性格耿直，为人厚道，勤劳诚实，低调质朴。这是在他盖棺多年后，作为儿子的我对他的客观评价。

每每想起父亲，一个普通农民所具有的优秀品格，联想起他一生的劳苦、艰辛，敬仰之情油然而生，常常潸然泪下。更令人难过的是，他在我尚年少时就过早地离我们而去……

那是我从陕西师范大学毕业被分配到新民中学任教后不久的一天，早起恍惚不安，如坐针毡，总有不祥之感，因为父亲近期身体每况愈下，心中时常担忧。12时许，二哥杨成时打来电话，说父亲病危，要我速回。时值腊月初六，北风怒号，寒气逼人，我却归心似箭，感受不到寒冷，只急着赶路。行至村口，听到乡亲们的安慰，看到披麻戴孝的族人，我知道父亲走了，我回来晚了！泪水顿时模糊了我的双眼，我只想放声大哭。

其实，我快要毕业的时候，父亲已面色憔悴，手拄拐杖，步履艰难。待我离家返校时，他一反常态，老泪纵横，一再念叨："我不行了！"我安慰他一番后，一步三回头地上路返回西安。我寒窗苦读十几年，学业有成走上工作岗位后，想好好孝敬双亲，以馈谢养育之恩，可他却撒手人寰，怎能不叫人痛彻心扉！

父亲走了，与我阴阳两隔，父子再难相见。我跪倒在父亲灵前，长声哭泣，热泪肆流，长跪不起，总想多陪父亲些时辰。

父亲一生历经磨难，命运多舛。在兵荒马乱、水深火热的苦难岁月里，他当过壮丁，干过苦差，当过民工，修过水库。20世纪中叶，彬县最早最大的大佛寺水库工地，洒下了他的汗水；黄畔的山坡梁塬，遍留他的脚印。古人说，人生光景几节过，前辈子好了后辈子坏，可父亲一生很少有舒坦的日子。他年幼时家贫如洗，此地常遭土匪侵扰，好在他与家人居住在村中偏北、两面临沟的咀堡，除风水较佳外还安全隐蔽。先祖们修建的巨大窑洞生息了几代人，他们一直在此居住到20世纪60年代。父亲弟兄3人，三叔父尚武习拳，修身健体，可惜不到30岁就韶华早逝。伯父相对精明些，且有经济头脑，长年挑个货郎担，走村串户做小本生意，所生一子性性（后改叫少勋或尚勋）自幼聪睿，正直坦荡，虽只读过一年半书，却通晓史地，精于珠算，不到20岁就担任大队会计，后任支书20余年。他1岁左右时，伯父、伯母就相继去世，父亲像待亲子一样把他抚养成人，煞费心血，盼他早日出人头地，为家争光，直至成年给他办了婚事才分家。

刚把性性拉扯大，我的两个姐姐巧芝、玲巧，3个同胞兄长屯劝、成时、兴时都逐渐长大，父亲的负担越来越重，生活举步维艰。无奈之下，两个姐姐在十五六岁时就嫁了出去。他和母亲商量后求人叫长兄学木匠，又叫二哥去东北的沈阳市当了工人。当几个兄长到了成婚年龄时，他常为乡下较高的彩礼忧愁不堪，长夜难眠。因为他没有高官显位的三朋，更没有腰缠万贯的四友，只有同村里几个大约同龄的人往来较多，同时与他的大外甥景万子和小舅子成生财过往甚密，遇事就相互帮顾。

父亲目不识丁，他不知文化的重要性，也不爱书文什么的，但偏就生了我这个“逆子”爱读书。我上学后，特别是初小、完小，在家做作业、学习时，只要他看见，就坚决反对，还生气责骂，甚至威胁要烧我的书本，让我有空就割猪草或放羊等，他只考虑眼下的生计问题。所以，当时仅10多岁的我，幼小的心灵要承受来自多方面的压力，比同龄人在学习上多了诸多困难，既要做家庭分派的劳动任务，又要搞好学习。但我力克诸难，丝毫没有影响学习。记得一个狂风夹暴雪的深冬早晨，全校只来了我一个学生，赵志南、师振英老师十分感动，忙把我抱到他们的热炕上学习，放学后当我踩着近膝的积雪回家后，脸上的雪水已结了冰。在那个年月，我要在家学习，就只能“捉迷藏”，偷着看书、读练。但当我成为村里近几十年来少有的大学生时，父亲也得意和自豪过。他交识的村友亲戚免不了向他恭贺，他也邀他们来家里并用大伯给他做的小风箱烧茶款待。他们恭维他时，他只是微微一笑。

高中以前，我的生存环境，可以说“四面楚歌”。每天自觉苦学，发奋努力，事事不甘人后。从小学一年级开始，我就一直当班长和学校的校革会委员、少先队中队长、红小兵总司令、团总支组织委员等，这些工作占用的学习时间都要靠课余假日来弥补；下午和节假日，又要承担父亲和其他家人已排满的家务劳动。在当时，人们普遍为生计所困扰，每顿都是粗粮加青菜，我常常去学校没馍带或带得不够吃，不时饥肠辘辘，父亲也和家人吃同样没多少营养的饭肴。这样，我不但精神上压抑惆怅，而且直接影响到身体发育。高中毕业刚步出校门没几天，我就有幸被非常了解我的初中学校的校长，时任南玉子七年制学校校长的弥殿良老师直聘到该校任教，当时个子很矮竟够不着黑板、写不成字，大家也分不清我是教师还是学生。直到一年多后上了大学，身体才长到了现在的 1.71 米。

那时，由于父亲厌烦我读书，我就害怕父亲。若和他在一起，我就长时间不说一句话，且极力想赶快逃走。但在未入学前的孩童时，我也跟父亲玩耍。记得还是在村底老窑洞居住时，一天下午跟随父亲去阴坡硷捡柴火，回来时天已黑，我跟在父亲后边，不小心从家对面一丈多高的芋子坡洼滚下，当族侄考学一家唤人赶来与父亲救我时，我鼻孔左侧脸部被才割了芋子（芦苇）的根茬戳伤了，伤口有 1 厘米多深，好在没生命危险，但也留下了永久的痕迹。后来，我恋爱时，他不予理睬，也不支持。然而在他离世前，自觉不久于人世，幼子尚未完婚，心留余憾，便时常念叨，几次吃饭时督催两位兄长，要他们抓紧办理此事。可就在我准备结婚时他竟永远离开了这个世界，我的婚事肯定是他未竟的牵挂。因此，我结婚前一天，专程去他坟前烧了香纸，告慰了九泉之下的父亲。

父亲一生太普通了，为生计所累，过早地衰老，满头黑发全部脱落，高大的身躯逐渐弯曲。他总是穿着粗衣粗布，衣衫土旧。夏季，他常穿一件白粗布中式衣衫，背后还打了补丁，劳动时常汗迹浸现；冬季，他将裤腿的下面用黑色布带绑着保暖，上身穿件深蓝色大襟棉袄，头戴一顶黑线帽。有一年寒假回家时，我用助学金在西安市跑了多家商店为父亲选购了一顶深灰色纯毛质圆统帽。我满以为这下可尽孝心了，他却嫌帽子厚，戴上火气太大，没戴几天就叫母亲置入了柜子，仍旧离不开他那顶土气十足的“一把抓”帽子。每年天气过冷时，他就披上那件羊毛大氅，那算父亲穿戴的奢侈品了。

彬县人有“七十三、八十四，阎王请你商量事”的谚语。父亲只活了73岁，没有迈过这道门槛。弥留之际，听说他头脑是清楚的，在悲苦和疼痛中极不甘心地离开了我们。我真希望他是一个哲学家或基督教徒，能看透人生，能将死认为是一种解脱。但父亲是一位实实在在的为生活劳累了一生的平民，他清醒而痛苦的逝世，使我心灵不得安宁。现在可以告慰父亲的是，我们这个大家庭总算在悲痛中挺了过来，我们也都融入社会，能独立生存，能为国家做点事情。父亲逝后“百日”，恰值“五四”青年节，我办了婚事，也是为了父亲灵魂的安息。英国著名诗人威廉·华兹华斯说过：“父亲！对上帝，我们无法找到一个比这更神圣的称呼了。”尽管父亲因文化所限，在思考问题上有局限性，但作为儿子，我永世不忘其养育之恩，永远思念他。

父亲去世后，逢年过节特别是春节、清明节时，我定会带着儿子云平，与兄长、侄子们、孙辈们一道上坟祭祖，凭吊父灵，寄托无限哀思。

父亲，我们永远怀念您！

（写于1989年腊月二十日到二十二日，以纪念去世多年的父亲。2017年3月21日修改）

一位残疾人的奉献

在彬县，一提起残疾人——民办教师、共产党员景超，人们交口称赞，敬佩不已！

这位残疾人，硬是凭着惊人的毅力，在小学讲坛上拼搏了25个春秋，在平凡的岗位上做出了不平凡的业绩。他担任校长的北极镇龙门小学是县级文明单位，他所教的学科成绩在学区统考中多次名列榜首，他多次被评为“先进教师”“模范党员”“优秀少先队辅导员”，受到县、镇奖励。1989年，他被评为全国优秀教师，受到国家教委（即教育部）的表彰嘉奖。

景超，17岁因骨髓炎致残。他一度绝望，甚至轻生，担心以后的路难走，在人生的十字路口徘徊。读了《钢铁是怎样炼成的》后，他被保尔·柯察金不向命运屈服的精神折服，他想开了，鼓起勇气：我干不了大事情，还可为人民做小事嘛！19岁那年，他选定了教师这个行业，从此以校为家，一心扑在教学上，一干就是几十年。然而祸不单行，1986年4月的一天，正在讲课的他突然感到心跳加剧，之后医院确诊为心脏病。作为一个残疾人来说，这意味着什么，他心里很清楚：“我的病体已决定我随时将离开这个世界，在有限的生存时间里，我要把我的一切奉献给教育事业，奉献给生我育我的黄土地。”他拒绝治疗，忍受着巨大的痛苦坚持工作；疼痛难耐时，服点药；昏倒了，学生把他扶起来。当饱含热泪的学生和老师把他搀上汽车时，昏迷中的他口中还在念“a、o、e”，住院时他总是念叨学生的功课、学校的工作。脱离危险后，医生要求他住院治疗，他只买了些药，又毅然返回学校，走上了讲台。

人们更难忘的是1987年，那次他勉强骑车去开会，因道路泥泞而摔倒在路边水渠里，肋骨骨折戳伤了肺部，呼吸十分困难。他整天用手强压住胸部，拄着拐杖，清晨练步，跌倒了又爬起来；拐杖折断了，再换一个；上操跟着学生转，辅导学生玩游戏；带着重病、拖着残体，艰难地为学生讲课、料理学校工作。望着他额头冒出的汗珠，孩子们哭了，老师们哭了！村里群众深情地说："景超为了咱娃真是豁出去了！"

然而，景超何止在学校这样忘我地工作呢，他像雷锋一样，走到哪里把好事做到哪里。星期天不休息，忙于备课；节假日，在校园护花种草；觉得自己初中毕业，文化程度不高，便坚持自修中师课程；还兼任村会计，又是村党支部委员。为了减轻家长的经济负担，他组织学生勤工俭学，开荒种药、种粮，连续9年免收学杂费，多次免收书本费，还用节余的钱建设校舍。他当初组织栽培的树木，如今已成栋梁之材，500棵用于建校修房。

作为校长，作为老师，景超既教书又育人，使学校校风正、学风浓，受到镇政府和学区的多次表扬奖励。大家说："这是景老师用心血和汗水换来的，是一位残疾人的奉献。"

（写于1990年6月10日，发表在1990年6月20日的《咸阳报》上。《咸阳报》后改名《咸阳日报》）

一位少女的悲欢

17 岁，对于一个妙龄少女来说，正是享受母爱和家庭温暖，正是对未来充满无限希望和美好憧憬的黄金年华。然而，李苹却一度在彬县街头流浪，无家可归，饥寒交迫。人们肯定会关切地问，这个在苦难中挣扎的不幸少女何以沦落到这般地步？目前的处境又怎样？这是发生在渭北黄土高坡上的真人真事。

17 年前，李苹的养母从医院抱养了她，当时因她的养母患病，就让她姨妈代养。此后养母久病未愈，抛下两岁的李苹离开了人世。养父当时在彬县印刷厂工作，无法照料她，就让姨妈继续抚养，说抚养费日后结算。后来养父续弦，将李苹领回家。继母不愿抚养她，整天吵骂不休，无奈之下养父又央求姨妈继续抚养李苹。这样，李苹又成了姨妈家的一员。随着时间的推移，养父渐渐疏远了她，以至连学费和生活费也不管了。一次，她去印刷厂向养父要学费，在厂里叔叔们的劝说下，养父才给了她 5 元钱。但当她走出厂门时，养父紧跟出来，以怕继母吵闹为由，把钱又要了回去。后来学校开具证明信也不能从他那里要来钱。1991 年李苹患了肝炎，同学们纷纷伸出友谊之手，为她捐助了 170 多元钱，才让她治好了病。

由于姨妈家人多，时间长了，兄弟姐妹们便七嘴八舌，加之养父又不管她，所以姨妈家的人不时地嫌弃她。无奈养父又将她送到叔父家，因不给生活费，叔父也不愿抚养她了。没办法，养父又将她送到舅舅家，舅舅也因同样原因不愿抚养她。接着养父又将她再次送到姨妈家。就这样，像踢皮球一样，李苹被踢来踢去。在实在要不到抚养费的情况下，姨妈向彬县人民法院递交了诉状。经法院判决，养父应付给姨妈劳务费 720 元，生活费 680 元。李苹养父不服，上诉至咸阳市中级人民法院，二审判决：“维护原判，日后生活问题由双方协商解决。”从此，养父更加仇恨李苹了，并说要与李苹彻底断绝父女关系。这样一来，李苹今后的生活问题便无法协商。

初中毕业后，李苹无处安身，流落于大街，偌大的世界竟容不下这么一个弱女子！她觉得自己真不该来到人世间受这般罪，多少次都想死，但又觉得这样无缘无故地死去，对不起养育她十几年的姨妈，对不起教育她的老师和帮助过她的同学。在万般无奈的情况下，她想到了党和政府，随即向中共彬县县委发出了署名为《不幸女——李苹》的求救信……

时任县委常务副书记的韩瑞林同志看完信后，心情久久不能平静，对她的处境极为同情。体察民情、为民解难的强烈事业心和责任感使他当即批示："这个姑娘在走投无路的情况下，向党组织发出了最后的呼吁和请求，热切地希望组织能拯救她这个被遗弃的孤儿，我们应该给予帮助，请信访局将情况调查清楚并提出处理意见。”县信访局接到此信后当即派人员调查核实此事，并经局务会议研究提出了处理意见：由人事劳动局负责给李苹安排工作，民政局给予社会救济，法院负责落实原判决。“李苹问题”引起有关部门和社会各界的关注，县民政局和信访局领导还看望了李苹，并给她送去了单衣、棉衣、被褥和200元救济款。

从发信到事情处理完只用了10多天时间。李苹表示，今后一定要用自己的实际行动报答党和政府对她的关怀！报答姨妈的养育之恩！感谢老师和同学们帮助！

（写于1992年2月7日，发表在1992年2月20日的《咸阳报》上）

痛悼恩师张崇信副教授

惊悉陕西师范大学副教授、地理系副主任、陕西省水利学会副理事长、陕西省地理学会理事、西安市地震学会副理事长张崇信老师不幸逝世，我悲痛万分地手捧治丧委员会发来的讣告，刻骨铭心的往事一幕幕清晰地浮现在眼前……

在陕西师范大学求学的1978年即第二学期，我进入了专业基础课的学习，张崇信老师给我们讲授水文学课程，他除了深入浅出地传授专业知识，注重对学生进行基础知识、基本理论、基本技能的训练外，还常在课堂上提出一些难度较大、内容新颖的自然地理学方面的问题，特别注重对学生科研能力的培养。同年9月，张崇信老师结合教学给全班同学布置了一个设计地球环境结构的科研任务，他说："现在任何地理资料上都没有这样的现成示意图，即便有也太简单。"他要求大家根据学过的地理学知识，利用一学年时间在课余完成，并鼓励我们要克服困难，敢于创新，大胆尝试，认真钻研。当时我在从未涉足科研又无参考资料的情况下，充分利用一切可利用的条件，白天课余在系资料室、校图书馆翻阅有关书籍，周末、节假日也不休息。好在当时我正帮即将退休的地理系秘书马老师撰写有关文秘资料等，因此在教学楼有一间可以使用的房子。我充分利用这难得的机会，狠抓学习和科研，经过一个月奋战，设计了几种方案，反复研究，不断修改，最后确定了一个比较理想的方案拿到张崇信老师办公室请他审阅。他忙戴上眼镜，看了又看，仔细琢磨，然后提出了几个问题，面带笑容且非常关切地对我说："还不错呀！你的思路正确，设计也有一定的科学性。你们同学中还没有人设计出来，你再下功夫修改修改。"听到这些话后，我的心情不再忐忑不安，有点儿战士打了胜仗的喜悦感，信心更足了。当晚我就继续查阅资料，做较大幅度的修改。几经修改至我觉得较满意时，又交请张崇信老师再审核，他又进行了详细核审，然后说："可以给班上同学传阅一下！"看到张崇信老师喜悦的面容，我心里也有些许雀跃。果然，在第二天上午的课堂上，张崇信老师把我的科研初稿交给同学们传阅，并督促大家参考后完成各自的科研任务。此后，我对初稿再次反复修改，清绘后几次想拿去请张崇信老师再提修改意见，但考虑到他教学、科研及行政工作繁忙，不好意思再打扰他了。不料，在一天晚自习时，他来教室找我要看再次修改后的稿样，并叫我跟他一同去他办公室商量。他仍然看得那样认真，看完后说最近西安有一个学术会议，有好多专家要来，再叫他们看看。大约半个多月后，他把我叫去，讲了这些专家的看法，提出了较详细的修改意见。在他的指导下，我对稿样进行了多次修改。经过反复修改后，他认为可以暂时定稿了。于是，他亲自拿来绘图纸、绘图墨水、绘图笔，叫我做最后一次清绘。他把清绘好的稿子叫系制图室翻印后，给了我一张，说他可能要把这一有创意的成果用到他的一篇论文中去。后来，我的这一科研成果被选进陕西师范大学地理系的相关教材中。

从此以后，张崇信老师对我更器重、更关心了。记得有一次，我们地理系召开了黄土地貌学术交流会，其中唯独我是以学生身份参加的大会，聆听了一些知名专家、教授的学术报告。张崇信老师经常询问我的学习情况，我也主动向他汇报我的学习、思想等，我们之间既是严肃的师生关系，又是很好的朋友关系。他常常教导我，要把基础打好，扎实地掌握地理知识。1979 年，我和另一位同学经系上批准报考研究生，请他指导时，他集中了我们复习时遇到的所有难题，为我们进行了系统辅导，使我们受益匪浅。在他和其他老师的悉心指导下，我报考南开大学鲍觉民教授的研究生时，专业课成绩都很理想，只是英语差几分而未被录取。毕业离校时，张崇信老师把他撰写的学术论文《渭北旱腰带地下水资源初探》和好几张很有价值的专业图纸送给了我，还说《陕西师范大学学报》将要发表他的一篇学术文章，可惜我们离校时那期学报还未出版。

走上工作岗位后，我一直与张崇信老师保持联系，有什么专业方面的问题就写信向他请教，他总是在百忙中给我来信答复。记得在一封信中，他得知我毕业半年后就被评为县级“模范班主任”“先进教师”，很高兴地鼓励我再接再厉，不断进步。我打算有机会专程去西安看望这位恩师，谁料竟成终生憾事。

追忆与敬爱的张崇信老师几个春秋的师生深情，我不由潸然泪下！张崇信老师，我永远怀念您！作为一位良师、益友，您永远活在我心里。

安息吧，老师！

（含泪写于1992年4月1日，遂寄送陕西师范大学张崇信副教授治丧委员会）

大树下

村中间，涝池边的大树呀，枝粗叶茂，阴凉大，还见证着村子的改革与发展，注视着这里的沧桑变化。从前一歇工，大娘、二嫂等人就熙熙攘攘围坐在树下，手里针线活儿忙不停：老汉的布鞋底，娃娃的小袜袜；嘴里净是些不上串的话：儿媳妇这咧那咧，小姑子长咧短咧。唉，提起来把人能羞煞。队长一见这场面，急得直搔脑袋瓜：“嘿，‘三个婆娘一台戏’，真个叫人没办法。”

自从十一届三中全会后，改革春风吹到大树下。吃过晌午饭，涮毕锅筷碗，小脚咯咛咯咛走得急，有娃的抱着“小乖乖”大步跨；责任田里“做文章”，治穷致富想办法，不是学习农业科技知识，就是讨论怎样务果种西瓜，树下坐满了泥腿子“科学家”。

现在的大树下，妇孺也常坐成一搭，话题范围真不小。你说如何靠市场经济发家咧，她说务的彬州梨不够客商拉。听吧，大娘和二嫂红着脸儿争个啥？哈！原来是：明年村子要达小康水平，今晚树下讨论会上咋说呀；年人均纯收入达 1200 元，条件在哪？措施是啥？……

当年的老队长见到这情景，撅起胡子笑哈哈：“嘿，15 年改革成绩大，老树开了迎春花！”忽听大家嗤嗤笑，他旱烟锅一指：“你们都笑啥？”

快嘴的大娘把短揭：“如今的支书呀，你不是说婆娘们叫你没办法？”

“咳，过去的话儿别提它，今后呀，在致富道路上，你们娘子军准保个个都是竹杆赶鸭——顶呱呱！”

（写于 1993 年 10 月 20 日，发表在陕西省委机关刊物《共产党人》1995 年第 1 期上）

孙存蝶印象

孙存蝶是近年来活跃在三秦大地上的一位艺术明星。由于他应邀来彬县主持一个节目，与我相处过一段时间，我们同吃、同行、同干事，配合默契，给我留下了难忘的印象。

那是 1994 年 8 月下旬，我县举办“彬县群众秦腔演唱会”，邀请孙存蝶和陕西省电视台著名主持人白延琴一起主持这一盛会。

孙存蝶来彬县时，时值 8 月，虽骄阳似火，热浪袭人，他（们）12 时到了后，却没有停歇，迅即投入工作，一边要主持词，一边抓紧时间了解全县的人文、经济等概况。县委派我陪同他俩，并充当他们的顾问，我便紧密配合他们的工作，有问必答，有求必应。他们听取我对彬县总体情况的介绍后，遂将我提供的主持词抄在手掌大的活页纸上，认真去看去思去记，并随身携带，随时背记。那认真劲儿，真像大学外语系的学生诵记单词一样。

到演唱会的前一天下午，他们已基本记熟了我写的 10 页主持词。孙存蝶为了保证翌日的主持圆满成功，就与白延琴和我去已布置好的演唱会会场“试台”。孙存蝶穿了件橘红色软料圆领 T 恤，戴了顶白色长檐帽，白延琴留剪发，穿一袭浅蓝色方格连衣裙。其他人坐在台下一张小桌前，他俩则直接走上舞台演练。我盯着底稿：“呀，你俩才一天多就背下来了！？”他俩相视一笑走上舞台，非正式地将主持词粗过了一遍，对主持词已不生疏。

孙存蝶虽然已是驰名西北的丑角表演艺术家，但他平素总是表现出谦虚谨慎的品质和不骄不躁的作风。记得演出开始前，白延琴当着我和孙存蝶的面，似问似说地道出一句：“开演前我俩互相介绍时，我就称孙老师为丑角表演艺术家吧？”我说：“延琴说得对！”“不，叫个丑角演员就行了。”孙存蝶执意不准称他什么“家”。

他们下榻在彬县招待所，考虑到为工作方便，县上专派了一辆桑塔纳轿车，供我们3个人几天内使用，包括去城外采风观光、联系工作等。但专车成了“闲车”，他们一不出外游逛，二不来回多坐。去“试台”时，我陪他俩一直步行至设在县体育场的会场，虽然累了点，却让街上那么多群众一睹了这两个名人的“庐山真面目”。

其实一到彬县，孙存蝶一行就成了群众争相讨论的话题。人们奔走相告，都想目睹这个“名丑”的风采，更想多欣赏他的精彩表演，他都满足了群众的愿望。正式演出那天，清晨7点半，县体育场就已封闭，唯有我们3人乘坐的车8时整最后进入会场。我们在舞台左侧下车后一看，场内黑压压坐了2万多人，我们一到演出就开始。孙存蝶的“压轴戏”一口气演了3个节目，其中一个节目他想演赞扬彬县的，另两个节目他事先未作透露。当时我正好写了一首《赞彬县》，被组委会确定为演唱会的序曲，以集体演唱的形式唱出。可演唱会开始后，孙存蝶从我拿的红皮小笔记本上看到这个词，觉得很好，要清唱这段，“赞”一下彬县。临时动议，他当即将其中的一段“彬县山川披彩虹，泾河波涛似巨龙。果烟煤电彬州梨，五谷丰登百业兴。大佛宋塔水帘洞，人文荟萃咏《豳风》。豳山邠水彬县人，唱不尽改革腾飞情”抄写在手掌上，“加大马力”记忆。先是一个“耍舌头”，接着是一段歌曲，最后用“花音二六板”唱《赞彬县》，字正腔圆，声情并茂，唱得久久期待的观众掌声雷动、一片沸腾，把演唱会推向了高潮。在观众激昂的呐喊叫好声中，孙存蝶硬是跑下了台。

几天的相处时间一闪而过，他们要返回西安了。我们3人合了影，互留了电话号码，请他俩题字留念后，我们为他们送行。祝孙存蝶一路顺风，在艺术道路上独领风骚，成为一位德艺双馨的秦腔表演艺术家！

（写于1996年4月1日，发表在1996年6月9日的《咸阳报》上）

情系保险写春秋

在彬县，一提起“老保险”王志贤，人们都说他“一心一意干事业，两袖清风当‘财神’”，在平凡的岗位上干出了极不平凡的成绩。是的，在为党工作的数十个春秋中，这位老共产党员每一步都留下了深刻印记。他头上有许多耀眼的光环：“市保险系统先进工作者”“廉洁奉公先进个人”“立功竞赛活动标兵”等，是彬县保险行业有口皆碑的“老先进”。

公而忘私的奉献精神

“做人，就要做高尚的人；干事，就要全身心投入！”王志贤是这样说的，更是这样做的。1995年底，会计年终决算时，他父亲因病去世。作为儿子，他泪流不止，悲痛不已；作为长子，他料理丧事，责无旁贷。当他打算回家奔丧时，但想到眼下的工作正需要他，责任重如山，如果自己一走，工作就会停顿，财务报表就不能按时上报，公司全年的业绩就会受到影响。他想，如果顾了工作，肯定会遭到世人的指责、族人的嘲讽、家人的埋怨。这些，他心知肚明，但面对公与私的抉择，他毫不犹豫地选择了前者，“不是儿不孝，而是自古忠孝难两全”。他强忍着万般悲痛，顶着各种压力，坚持加班加点，夜以继日地工作，提前高质量、出色地完成了工作任务，领导和同志们一致赞扬王志贤舍小家顾大家，精神可嘉！

按常规，基层公司每年秋后都要组织一次较大规模的业务会战。考虑到王志贤年龄偏大，身体又不太好，领导要他留在单位处理内务，可是他坚决拒绝。作为科长，每次他都以身作则、率先垂范，带领科室同志走村进户，说服广大农民群众，往往一天步行十几里，连续作战几十天。有一次在下乡会战过程中，突然阴雨连绵，道路泥泞，同志们以为这下可以休息几天了，但王志贤却克服困难，坚持作战。他的行动胜似无声的命令，大家被他感动了，自觉同他一道工作，出色地完成了工作任务。

认真负责的工作作风

王志贤自1970年从事财务工作至今，30年如一日，工作兢兢业业，认真负责。公司的会计核算岗位上只有他和另外3位同志，工作担子很重，担负着国内产险实行权责发生制的核算办法一套账、人寿险业务实行收付实现制的核算办法一套账、地方经营农业险单独核算一套账、统筹养老金单独核算一套账和停办的公费医疗一套账。在工作量大，核算又复杂，人员不够用的情况下，他们不怕苦、不怕累，超负荷地工作，常常牺牲节假日和周末时间，从不计较个人得失，认真地完成了各项工作任务。如1998年各种会计、统计报表400多份，会计凭证5000多份，都及时、准确地上报咸阳市公司，而且没有发生任何差错事故和经济问题。从1991年到1998年，他所在的县公司多次被市公司评为会计业务先进单位。张军政经理十分感慨地说："这里面包含着老王的辛劳和汗水呀！"

在长期的会计工作中，王志贤坚持10天一小结，每月结3次账，使公司的会计与出纳账、会计与银行账、会计总账与分账，账账相符，没有差错，成为单位里人人赞许的"一笔清"。

秉公办事的廉洁风范

自古道："常在河边走，怎能不湿鞋。"可是在王志贤当会计的几十个春秋中，他两袖清风不染尘，管好分文不马虎。他按原则办事，按规章理财，一直站"河边"，就是不"湿鞋"。

一次，单位有个同志外出开会，会议组织方发给了他们伙食补助，但这个同志回来后还是按照单位出差标准填了每天8元的伙食报销单，而且领导签了字，出纳已付了款，做账时王志贤却发现了这一问题。他当时想，如果按原则办事，肯定会惹人；若睁只眼闭只眼，息事宁人，还能讨个好。但是在公与私的抉择中，他毅然决然地选择了前者。是的，《中华人民共和国会计法》明确指出了财会人员的职责，党的多年培养使他当机立断，让这个同志退回了24元，另填写了出差补助单。类似这样的事经常发生，他都坚持按原则办事，真正起到了会计的核算和监督作用。

曾有一段时间，王志贤的高血压严重，经常头晕，医生叮嘱他要住院治疗。他想，住院肯定花钱多，又耽误工作。于是，就让人到西安把药带回来，节省医疗费。他说："省上一分算一分，分分厘厘都是劳动人民的血汗钱！"有人"好心"地劝他："老王，你是'财神'，对自己的病都这样小气。有权不用，过期可就作废了！"王志贤全然不理这些，在他看来，自己是为公司理财管家的，如果随意挥霍浪费，哪怕就是一分钱，也是失职行为。正是因为他有过硬的思想、过硬的作风，才可以严格执行财务制度，使公司的财务管理水平不断提高且迈上新台阶。

精于管理的务实态度

王志贤既要负责科室日常工作，又要担任县内产险会计工作，担子很重，但他毫无怨言，不但做好自身业务工作，还尽力抓好科室内部管理。他常组织全科同志学习新会计核算办法和计算技术，使会计业务及时上机运行，顺利实现了会计业务电算化。他很注意研究和解决财务管理、资金运用和计划执行情况及财务工作中存在的问题，及时提出解决对策，将问题处理在萌芽状态。

作为一位"老保险"，王志贤经常建言献策，发现公司工作有待加强的地方或制度需要完善时，就及时向领导提出合理化建议。每月结账后，他根据会计报表有关数据进行分析对比，把本公司各项经济计划指标的执行情况与市公司下达的计划指标对比，如果发现个别计划超出上级下达的指标或没有完成指标任务时，就及时给领导提供数据，便于领导决策。如1994年5月结账后，他发现离计划任务过半还差80万元，就及时给公司提出“全司上下动员，在6月开展城乡保险大会战”的建议。公司采纳其建议后，工作上取得了显著成绩，收回保费60万元，提前10天超额完成了“双过半”的计划任务，受到市公司的表扬。

（应中国人民财产保险股份有限公司彬县支公司邀请于1999年10月21日晚写成，稿件呈报中国人民财产保险股份有限公司陕西省分公司）

情满慰问路

2000年龙年春节前夕，彬县县委、中联部驻彬县扶贫组要对彬县在中华人民共和国成立前入党的老党员和20世纪五六十年代入党的贫困党员进行慰问，我有幸参加了这次把党和政府的温暖、关怀、心意送达一个个老同志的有意义的活动，留给我的是几多感慨、几多感动，更多的是敬意。

我们慰问的80多名对象，散居在全县20个乡镇的79个村（单位）。活动由时任县委书记上官吉庆、副书记朱耀斌、中联部驻彬县扶贫组组长尤建华、县委组织部部长张忠等领导带队，分两组进行。1月21日，我（时任负责县委“四教育”办公室日常工作的副主任）带领县委组织部几位同志走进了革命老区曹家店乡（今新民镇）赤白村，当乡、村干部把我们带进老党员贾维录家时，这位1946年入党、专为我党搞情报工作的85岁老人已老态龙钟、步履艰难了。我将棉被、面粉、食油、年画等送到老人手里时，他饱含泪水，说：“我为党贡献很少，组织还这样关心我，受之有愧呀！”其实，在革命与反革命两种力量激烈搏斗（赤白村村名即来源于此）的战争岁月，正是这位老党员冒着生命危险乔装打扮，为我党搞地下工作，秘密传送情报，这需要多大的胆识和勇气呀！

翌日，我们又去了革命老区龙高镇龙马村，与镇党委书记赵义民一道看望1947年入党的83岁的余兴俊和1947年入党的76岁的贾步寿等老党员。当我们走进院落干净、室内整洁的余兴俊老人家里时，老人并不在家，老伴得知我们是专程慰问他们时，几乎失声痛哭。原来老人家把3个儿子都送进了革命阵营，长子在县委书记岗位上工作多年，因故逝世，至今还瞒着二老；次子（即作家王兰英长篇小说《相思鸟》中余清河的原型）清华大学毕业后在外交部工作，现在在驻某国使馆任武官，其妻不幸去世，也瞒着老人；三子参军，已在部队多年。老人家对党的坚定信念、无限忠诚和今天的遭遇，使我们在场者热泪难忍。与余兴俊老人比起来，贾步寿老人更是命运多舛。他解放战争时期为我党送信，给游击队员带路，千方百计保护共产党员，中华人民共和国成立后曾担任大队长职务。就在他32岁时，妻子因病去世，他与唯一的儿子相依为命，后来儿子又去世，老人几十年来一直独身度日，至今孤居地窑内。尽管我们一再叮嘱村支书要千方百计照顾好他，可老人家毕竟快80岁了，生活中的困难令人牵挂。

最感人的是77岁的孙文超同志。他14岁就加入革命阵营，在革命圣地延安曾为老一辈革命家任弼时带过孩子，后又当了彭德怀的警卫员。在1973年彭德怀身陷囹圄时，他带着彬州梨去北京看望了老首长。县委领导甚为感动，上官吉庆书记指示乡上为老人建造新居，朱耀斌副书记等领导对老人今后的生活作了具体安排。我们将几套衣物、大肉（即猪肉）等和市委组织部委托慰问的300元钱送到他手中，本想与他多说几句话，可是看到他一提起彭德怀时泪流满面、泣不成声的样子，便打消了这样的想法。在沿着铺满积雪的羊肠山路回城的路上，我们的心情久久不能平静……

虽然一周的慰问时间十分紧张，虽然冒着三九天的严寒和鹅毛大雪，但我们不觉得困难和辛苦，倒是接受了一次革命传统教育，经历了一段心灵的洗礼！

短暂的慰问结束了，可是这些革命老人的感人事迹对我们心灵的洗礼还在延伸……今天，一些党员和领导干部，党性淡漠，放纵任性，以权谋私，败坏党风；一些人心浮气躁，追求享乐，急功近利，私欲熏心等。与这些老同志相比，他们显得多么卑鄙无道，显得何等渺小可笑！

（写于2000年2月12日）

范仲淹的彬州情怀

范仲淹，字希文，生于公元 989 年，卒于公元 1052 年，是北宋时期著名的政治家、思想家、文学家。他一生波澜壮阔，为后人留下了无穷精神财富，特别是他的千古名篇《岳阳楼记》中“先天下之忧而忧，后天下之乐而乐”的千古佳句，至今诵传不衰。然而鲜为人知的是，范仲淹与彬州（今彬县）亦有着特殊关系。

祖籍彬州

范仲淹祖籍彬州，这在史书中有翔实记载。南宋《方舆胜览》（成书于公元1239年，祝穆撰修）中载，范仲淹“其先邠人，后居苏州”。《宋史·范仲淹》（成书于公元 1343—1345 年，元丞相脱脱和阿鲁图先后主持修撰）载：“范仲淹，字希文，唐宰相履冰之后，其先邠州人也，后徙家江南，遂为苏州吴县人。”明代成书的《邠州志》（明嘉靖年间修撰）卷二十八载：“宋资政殿学士范仲淹，其先邠州人，后居苏州吴县。”中华民国十七年（公元 1928 年）编纂的《邠县县志》卷十七有范仲淹先祖为“邠州人，后迁苏州”的记载。

据考证，范仲淹于宋太宗端拱二年（公元 989 年）八月二日出生于徐州，两岁时父亲就病故了，母亲谢氏和他相依为命，艰难度日。后来母亲改嫁，他随母来到山东邹平县长山河南村的朱文翰（继父）家，在此地生活了 18 年。当时他“从其姓，名说”。宋大中祥符四年（公元 1011 年），范仲淹 23 岁时，“知其世家，乃感泣辞母”，去应天府（今河南商丘）求学。大中祥符八年（公元 1015 年），他 27 岁时考中进士，被授广德军司理参军，为了报答母恩，便接母敬养。宋天禧元年（公元 1017 年），他 29 岁时迁文林郎，任集庆军节度推官。

这时他恢复范姓，改名仲淹。宋天圣中，他任兴化县令，负责重修捍海堰。宋景祐二年（公元 1035 年），以天章阁侍制权知开封府。次年，上《百官图》议朝政，被视为朋党，贬知饶州。宋康定元年（公元 1040 年），西夏军攻延州，他与韩琦同任陕西经略安抚副使，改革军制，巩固边防。宋庆历二年（公元 1042 年）四月，“改邠州观察使”，“守边数年，羌人颇亲爱”。宋庆历三年（公元 1043 年），任参知政事，上疏“明黜陟，抑侥幸”等十件事，主张建立严密的任官制度，注意农桑，整顿武备，推行法制，减轻徭役。因保守派反对，终难如愿。宋庆历四年（公元 1044 年）六月，边事再起，请求外出巡守，被任命为陕西、河东宣抚使。八月，以参知政事衔兼领天下刑法事。宋庆历五年（公元 1045 年）正月，罢参知政事之职，以资政殿学士知邠州，兼陕西四路缘边安抚使。同年十一月，被罢陕西四路缘边安抚使，改知邓州。宋皇祐四年（公元 1052 年），他在赴颍州途中，病逝于徐州，终年 64 岁。死后赠兵部尚书，谥号“文正”。

情系彬州

在范仲淹的人生仕途上，他虽然在很多地方担任过重要官职，但是唯独对邠州情有独钟，热爱有加。他曾接连给宋仁宗上了三表：《陈乞邠州状》《谢授知邠州表》和《邠州谢上表》，请求到邠州任知州，足见范仲淹对祖居地的真挚情感。

在任邠州知州后，他“署事之三日”，就忙着去当时的庙学（又称儒学，因设于孔子庙而得名），察看当时邠州的建学现状。当他看到邠州的州学“隘甚，群士无所安”的落后状况时，心里很是不安，立即决定迁庙建学，“改卜于府之东南隅”，遂在邠州城东南角一块空旷的高地上选定新址。他对建立新学堂十分重视，精心筹划，缜密安排，以州判王稷博士为主管，指派兵马监押刘保、节度推官杨承用负责施工。翌年，即庆历六年（公元 1046 年），邠州的建学工程“厥功告毕”，一所“长廊四回，室从而周，有堂有库”的新学堂傲然矗立在邠州大地上。这座学堂共 140 间，设有谈经堂、藏书库等，房舍齐全，布局合理。人们见此，喜笑颜开，奔走相告，热烈庆贺，“其来如归”。莘莘学子更是不胜感激，决心努力读书，不辜负范仲淹重教兴学的高尚情操和殷切期望。

当这所规模较大、功能较全的学堂建成时，范仲淹已离任邠州，改知河南邓州（今邓县）。州判王稷当时写信请范仲淹“为之记”。范仲淹收到信后，欣然命笔撰写了448字的《邠州建学记》（此文已收入1989年出版的、杨存时主编的《彬县教育志》）回寄邠州，文中言简意赅、情深意浓，字里行间表达了他对故里发展教育事业的满腔热忱和关切之情。正是由于范仲淹对故乡教育事业的高度重视，邠州学风甚盛、人才辈出，如宋神宗熙宁六年（公元1073年）的史天常，宋神宗丰八元年（公元1085年）的张舜民，宋徽宗建中靖国元年（公元1101年）的陶谷、呼延范等。当时仅28年间，邠州就出了4个进士。

不仅如此，范仲淹还在眉寿堂为故乡人写了《劝农诗》：“烹葵剥枣古年丰，莫管时殊俗自同；太守劝农农勉听，从今再愿咏豳风。”又写了《依韵酬邠州通判王稷太傅》：“南豳日日接英标，公外追随岂待招。恶劝酒时图共醉，痛赢棋处肯相饶。一抛言笑如何遣，频得音书似不遥。独上西楼为君久，满城明月会云销。”这首诗淋漓尽致地记述了他在邠州期间与王稷等英才亲密相处、棋酒同乐的深情厚谊，特别是借题抒发了他热爱邠州、留恋故乡的赤子之情！

不尽思念

范仲淹一生克己奉公，心系黎民，为政清廉，堪为楷模。在他身居要职的情况下，“非宾客不重肉，妻子衣食仅能自充”。然而，他对穷苦百姓却“好施予，置义庄里中赡养之”。凡“里巷之人”，他“皆能道其姓名”。由于他一心报国为民，待人忠厚，深得邠人爱戴。“邠州之民皆画像生祠事之”，春秋祭祀。清乾隆四十九年（公元1784年）《直隶邠州志》卷二十八记载，范文正公祠建于范仲淹住过的眉寿堂，在“州西故址”。由于年深日久，后世对范文正公祠进行过修缮，明陕西按察司提学副使唐龙为之撰写了《重修范文正公祠》一文，记述了“郊人思公，不忘建祠”的情怀。

历史上许多名人、官僚、学者、作家都曾来拜谒范公祠并题词作诗，赞颂范仲淹。流传下来的纪念诗篇，有元代蔡忠的《谒范文正公祠》，明代薛纲、雪溪、张金度的诗，清代秦嘉兆、文志鲸的诗。像薛纲的诗中“今日登祠拜遗像”，说明郊州范公祠内的范仲淹塑像从明到清，一直保存完好。虽然由于沧海桑田的变化，历史风尘的冲刷，范公祠和范仲淹的故居眉寿堂在中华民国初年就被废毁了，可是广大群众怀念范仲淹的绵绵之情万世长存，范仲淹的名字永远铭刻在彬地人民心中！

最后，我以清代秦嘉兆的诗作结束全文，并作为我们对一代文学家、政治家范仲淹的永恒怀念。“偶从君祠过，瞻像泪滂沱；穷时志任重，要居事权苛。千古人仰望，庙貌不巍峨；先生真堪叹，忧多乐未多。”

（写于2003年7月1日，发表在2003年的《彬县文化·试刊号》）

舒德干在彬县的十个春秋

舒德干，这个名字让国人骄傲，更让彬县人自豪!

众所皆知，舒德干现在是西北大学教授、中国地质大学教授、长江学者、国家自然科学一等奖获得者、陕西省科技最高成就奖获得者、中国科学院院士，这一串串耀眼的光环背后是他洒满汗水、不懈努力、顽强拼搏的奋进历程。这条成功之路的起点在彬县。

1969 年，舒德干从北京大学地理地质系毕业后，携同他的同学、未婚妻陈苓踏上了西行的列车，来到大西北黄土高坡上的彬县。他被分配到南玉子七年制学校任教，未婚妻陈苓被分配到义门七年制学校任教。当时风华正茂、娴淑靓丽的陈苓老师给我们教数学，记得她刚来不久的一天下午放学时，作为班长我去陈老师房间交全班作业，见一位男子英俊潇洒、神采奕奕，身着褪了色的蓝棉袄，衣服后背有一块又宽又长的大补丁。他正在神情专注地与陈老师讨论着什么问题，陈老师用一口很标准的北京话给他介绍:“这就是杨存时同学。”“好，知道!”舒老师仔细扫视了我一下，用湖北口音微笑着应道。因为我当时以义门地区红小兵总司令的身份进入学校革委会，又是班干部，师生们都熟知我这个“学生领袖”。这时，我才知道他是陈老师的未婚夫，原来在校院见到还以为他是插队知青呢!之后常见他在周末骑着“除铃不响全身都咯吱”的自行车，衣着朴素，不修边幅，来我们学校。我因班级的事去陈老师房间时，见到他总是全神贯注地看书，都是些很厚的专业书。陈老师不是忙着备课就是批改作业，他们俨然是志同道合的“革命伴侣”。

到 1971 年，两位老师一同调到北极中学任教。当时狠抓教学质量，全县最优秀的教师和良好的教学设施都集中到这里，北极中学成了全县重点完中。作为中国一流大学毕业的高才生，舒老师和陈老师是必选的教师。这年，我以义门七年制学校总分第一名的成绩考进录取率仅30%左右的北极中学。到高中就读时，舒老师给我们教化学课。当时非常渴望听他的课，几节课下来我们就深感他博学多才，专业造诣颇深。他讲起课来，深入浅出，生动有趣，很自如地把高中有机化学与初中无机化学紧密衔接，把课堂知识与生活实际有效结合，把教学艺术与学生知识水准统一起来。例如他讲化学反应、分子结构时，从我们所见所闻所知出发，用讲故事、说事理式的教学方法，便于我们掌握枯燥无味的知识，把一个个抽象概念讲得简单、明了，每节课我们都听得清、记得住、印象深。上课时，他只拿几支粉笔，知识全装在脑子里，这让同学们由衷地赞叹！特别是舒老师形象的比喻、风趣的语言、娴熟的业务、优美的板书，都让大家交口称赞。每次考试，我们的成绩都在90分以上。

我们在高中就读的几年里，舒老师与陈老师教给我们知识，用他们的言行熏陶感染着我们。恰巧，我当时在校团委任职，并担任班干部，陈老师也以青年教师身份在团委兼职，这样我便有更多机会接触舒老师。他常对我们说："你们要将书本知识学活，知识面要宽，能举一反三。"我去他办公室交化学作业或找陈老师时，常碰见他俩讨论专业知识或教学上的事情，态度都非常认真。他们当时已有两个孩子，一个牙牙学语，一个尚在襁褓之中，洗衣、做饭等是舒老师和陈老师节假、课余时间经常要做的事。他俩既要料理家务，又各自承担着繁重的教学任务，付出的辛劳可想而知！即便如此，这些也没有影响到他们的工作，他们的教学水平得到师生一致称道。他们经常工作到深夜，晚睡早起，四季如此，床头总是堆放着好多书籍。一次交作业时，我发现舒老师办公桌上放着一本新购回的诗集，翻开一看就惊呆了！这书被他用红圆珠笔修改了好多处，书眉等处全是批注等，我由衷地钦佩他的文学造诣！

舒老师在彬县教育战线上，不仅对他的份内工作尽职尽责、认真对待，而且对青年教师言传身教、悉心指导。尤其是1976年后，他作为高中骨干教师，常被邀请去县城为全县的化学教师培训，有的暑期培训时长达七八天。他超高的专业素养、引人入胜的授课方式，博得了受培训教师的一致好评。

由于舒老师在彬县教育界的突出表现，他被提拔为北极中学副教导主任。在强师云集、学风甚浓的彬县最高学府，他以深厚的学养，突出的教学成绩向社会诠释了楷模的力量。1978年，他顺利考取西北大学研究生，攻读古生物专业。至此，他在彬县度过了不平凡的10个春秋。这10年，他风雨兼程，不懈追求；这10年，为他而后冲击科学巅峰奠定了基础；这10年，他把人生最美好的青春年华献给了彬县教育事业！

（写于2011年12月3日，发表在《豳风》杂志2012年第1期上，也被收录入徐胜利《皇涧流云》一书）

我爱彬县

彬县，这方热土养育了我；彬县，这个古州名垂史册。早在孩提时代，我一颗稚嫩的童心就与彬县产生着千丝万缕的联系，我由衷地爱恋彬县。

在这片略呈“人”字形的土地上，滔滔东流的泾河使县境形成两塬夹川道的地貌格局。南塬草被丰美，林海苍茫；北塬宽阔平坦，土地肥沃；泾河川道，流水潺潺，果实累累，令人心醉。这里是周族诞生之地，是丝绸古道上的要塞重镇，也是为共和国的诞生做出巨大牺牲的革命老区。

我爱彬县，这里盛产彬州梨、大觐枣。久负盛名的彬州梨，“一果落地，十里飘香”，深受海内外客人的青睐。慈禧太后曾享用过彬州梨，毛主席也曾品尝过它，并勉励彬地人民继续务好梨。百果之首的大觐枣曾是“晋上之物”，每到金秋收获时节，商贾如云，争相抢购，供不应求。

我爱彬县，这里有储藏 32.6 亿吨的彬县煤田，是“九五”国家重点技术开发项目之一。一个矿架林立、乌金滚滚的大煤田，矗立在古彬大地上。唐初兴建的彬县大佛寺，充分展示了此地的历史文化积淀，它依山傍水，凿石为室，雕石为像，气势磅礴，自古堪称关中第一奇观，法国人赞美它可与巴黎圣母院相媲美。周恩来、邓颖超、任弼时等老一辈革命家，曾兴致勃勃地来此游览。县城周围的花果山、水帘洞、古彬塔等，吸引着大批游人。在悠悠的历史长河里，周人建国立业，公刘率领族民农耕稼穑；周人始祖姜嫄、前秦世祖苻坚、五代后周卫王冯晖等安葬于此地；李白、杜甫等诗词大家留下了与此地有关的诸多不朽诗篇；彭德怀、习仲勋等老一辈革命家曾在这里筹划战事……

面对大自然赐予我们的丰厚资源，彬县的决策者干今天、想明天、谋后天，以烟、果、煤、电、旅游、建筑等作为发展县域经济的支柱产业，工农业生产蒸蒸日上，人民生活不断改善，30 万彬县人民在市场经济大潮中乘风破浪，昂首阔步！

我爱我的祖国，我更爱我的家乡——彬县！

我爱家乡的彬州梨

一

我爱家乡的彬州梨！多少年来我魂牵梦萦，多少次为它狂喜呐喊！

记得我们村的脊背山黄土坡硷上，曾不规则地、老幼不齐地生长着好多梨树，全是些老遗生、水遗生等彬州梨的原生品种，它们可是我当时生活中的奢侈品。20 世纪六七十年代，也就是我上小学、初中时，一到深秋时节，跟随父兄和社员们采摘梨子，是我童年、少年时代最开心的事，因为能吃上彬州梨了！放学后一口气跑到梨区，看到满树亮黄、喷香的梨儿挂满枝梢，个个好像在向我微笑、朝我点头。我不由自主地仰观，不停地咽口水！树上的大人们瞧见后都笑我、逗我，然后扔给我一个上好的梨。我双手接住后急不可耐地美美咬上一口，甜极了，香极了！

后来，每当见到有关彬州梨的著述，每当看到关于彬州梨的专题报告，每当听到涉及彬州梨的话语，我都会被深深吸引，其实这些消息也引起了很多人的注意！它不仅与我产生了心灵上的共鸣，使我对创栽、培育、助推彬州梨成长、发展的前人、能人心存敬意，更使我对铸造彬州梨文化的学者、贤达和政要敬仰有加，为一代又一代的贤达们的奉献、追求精神感慨不已！

二

追溯彬州梨的历史，明代以前尚处在荒芜野生状态，自生自灭，优胜劣汰。后经漫长岁月的自然选择和人们的改良，才培育出属于蔷薇科梨属的老遗生、水遗生、平梨等白梨系列和其他品种，才使彬州梨在植物分类学上占据一席之地。这一漫长而艰难的选培历程，孕育了第一代彬州梨。

物种进化，这是自然界不可抗拒的根本法则，彬州梨也在更新换代中不断发展。20 世纪 50 年代后，彬县开始引进一些优良品种，丰富了彬州梨的品种资源。经过长期的试栽观察，筛选出了一批适应彬县生态环境的如砀山酥梨、雪花梨、秦酥梨和明月梨等 27 个品种。到 20 世纪 90 年代初，这些梨雄霸一方，占据了彬州的川塬整个彬州大地全部“酥梨化”，成就了第二代彬州梨。

这一时期，梨农们苦心经营、潜心务梨，偌大的泾河川道种满了彬州梨，到处是梨的世界，出现了许多务梨专业村、专业户，许多人家靠务梨过上了好日子。突出的就算城关镇了，一个西街村用梨撑起了数十座“小洋楼”。然而，事物都是起伏发展的，也就在这个时候，霜魔肆虐，吞噬梨果，几度成灾，几度无收，加之市场下滑，梨价猛跌。一些梨农一气之下，挥镢挖掉了梨树；一些梨农半务苹果半务梨；但还有一些梨农始终坚守，相信会迎来春天。“梨贱伤农”的现状，一时间刺痛了彬县决策者的心。然而，他们发展彬州梨的思路没有变，劲头没有减，步子没有慢，干着今天，想着明天，谋着后天。通过调查研究和反复论证后，彬县决策者决定从日本引进丰水梨、幸水梨、南水梨，从韩国引进水晶梨，从国内其他地区引进玉露香、绿宝石等梨。一石激活一潭水，沉寂的彬州梨焕发了生机，充满了内在活力。经过几年的栽培试验，它们在彬县这块热土上茁壮成长，果繁叶茂，彻底“彬化”，成为耀眼的第三代彬州梨。

这几代彬州梨，在这块热土上彰显出共同的特色，那就是形俏个大，皮薄糖丰，核小色艳，酥甜可口，香气扑鼻，耐储易藏。食之生津解渴，清热润肺，实为止咳祛痰、滋肾润肺的保健珍品，得到了消费者的一致赞誉和青睐！在国内外商贾云集的杨凌农高会和陕西省农产品洽谈会上，1 斤彬州水晶梨曾卖到 10 元人民币。“三水梨”一度遭消费者们争相抢购，供不应求。虽然引进才几年，但是它们凸显出了强势的市场竞争力和旺盛的生命力。

有价值的东西往往是不会轻易被人忘却的。今天，彬县人在作务第二、第三代彬州梨时，依然怀念着第一代彬州梨。2009 年，县果业服务中心在义门镇柴村指导梨农嫁接繁育了一批第一代老遗生、平梨，抢救、延续、传育这一“梨中之王”，拾回昔日正宗彬州梨的原生风味，要让彬州梨永保美味，永世传承。2012 年，县财政投资 50 万元，新建标准化示范梨园 3000 亩。2013 年，新民农场所育梨苗出圃 80 万株以上，可为待建的 12000 亩彬州梨园提供了充足的苗木。彬县永远继续发展彬州梨!

三

一位哲人说过：“给我一个支点，我就可以撬动地球。”彬县人民正是找准了这个支点，抓住了市场化运作、市场化经营、市场化管理的牛鼻子，让彬州梨生产的路在脚下延伸……

是啊，彬州梨一路走得坎坷，我对它却一直爱得深沉。改革开放初期，在我年当韶华苦读大学时，在《中国经济地理》教科书中看到“彬州梨”的名字，就激动不已，自豪不已，为当时枯燥的经济地理学专业平添了几分激情。步入社会，在彬县县委从事秘书工作时，我忙里偷闲，挑灯夜战，运用所学专业知识，并经过实地考察，著成《彬州梨》一书。不曾想，它被学者们誉为“竖起了彬州梨文化的标杆”“开了彬州梨研究的先河”，原国家农业部部长何康为书题词，主管农业的陕西省副省长王双锡为书作序，陕西省地理学会理事长张远广教授写了前言。该书由李森等专家严格审定后，由陕西科学技术出版社出版发行，一时引起社会大众的广泛关注。一方梨，一片情，一本书，引起大人物的关注，确在预料之外。20世纪90年代中期，我公务之余撰写了电视专题片《彬州梨》的脚本，由陕西省科技厅摄制，在陕西电视台黄金时段和中央电视台二套播出。1994年8月的“彬县首届群众秦腔演唱会”期间，我除了为演唱会撰写主持词外，还有幸陪同担任主持人的著名秦腔表演艺术家、梅花奖得主孙存蝶和著名节目主持人（现供职于香港凤凰卫视）白延琴，为他们全面介绍了彬州梨。每天招待他们一行，更离不开彬州梨，他俩边吃边夸，边夸边吃。后来，看望我的老领导、原淳化县委书记韩瑞林，看望我的恩师、世界著名科学家舒德干院士和著名地质学者陈苓时，带给他们的都是彬州梨。就连我的外地朋友、同学来彬县，我总是不忘送给他们彬州梨。

说来更巧，我真是与彬州梨有不了情！21世纪初，在我没有任何思想准备的情况下，组织派我到县果业局担任副局长！天哪，真是无巧不成书。在这个单位看的是彬州梨，说的是彬州梨，管的是彬州梨，写的是彬州梨，吃的也是彬州梨。在县果业局的5个春秋，我参与了彬州梨制品的生产过程，见证了彬州梨的发展，主管了彬州梨的营销，目睹了彬州梨的发展，分享了彬州梨带来的荣耀！后来擢任县档案局局长、县科协主席时，我仍难以割舍与彬州梨的情结，每次下乡时，总想多看几眼梨园，总想与果农聊聊。一到梨子收获时节，我会千方百计与梨农一道分享丰收的喜悦；寒冬腊月，则常利用双休日为熟人和村邻修剪梨树，总会忘记了刺骨的寒风和“空中作业”的艰辛！夜阑人静时，我还写了关于彬州梨的文章，为低迷待振的彬州梨呐喊助力。记得《怎样使彬州梨再度辉煌》一文，就是我在夜间写成的，还在省级党报上发表了。令人欣慰的是，2008年2月，彬州梨入围首批《地理标志农产品名录》，其品牌价值一升再升，已达2.03亿人民币。在梨的“家族”中，彬州梨出类拔萃，为大众广泛认可。

四

彬州梨啊，你是多么令人珍爱、痴迷！彬县的这张名片啊，你让彬人自豪、骄傲！你一路走来，虽然历经艰难，久经考验，但你依然光环闪烁，荣誉多多。不是吗？你昂首挺胸，走进了中南海，共和国的第一代领袖毛主席欣然品尝并夸赞不已。对你，老一辈革命家耿飚、马文瑞等也倍加赞赏。越南、新加坡等国的客人参观了彬县果品后，对彬州梨赞不绝口。难怪彬州梨在1999年中国国际农业博览会上被评为名牌产品，先后9次获得“陕西省优质农产品奖”“后稷金像奖”。

彬州梨啊，你是彬县的光鲜品牌，你是彬县人走向世界的第一道桥梁，你在彬县人的心中已树起永恒的丰碑！你以自己优良的品质、独特的风味，永远称雄于果品世界，永远不会使人们忘记！

彬州梨啊，你将在彬州大地以至万里神州这个美丽壮阔的生态长卷上，独领风骚！

泾河大堤

一

泾河大堤，如诗如画的彬城美景！

泾河大堤，惠及彬人的民心工程！

数年前，闻知彬县县委、县政府要筑建泾河大堤的动议，我猛然一惊，然后是喜，接着就是期盼早日建成。可当下听说竣工了，又抽不出时间专程一览这个心仪已久的工程。

从幕前站到幕后了，还瞎忙什么呀？按说船到码头车到站，撂下担子求安逸，可那些什么总会长、荣誉主席、顾问等虚虚实实的所谓“头衔”，平日那么多人还求字，加之还应邀为官方、个人专著担任编审，够忙的。说来真怪，越忙越能从媒体上不时听闻一些有关大堤的信息，《今日彬县》上也刊发了几个文学爱好者创作的关于大堤的作品，文辞清丽，更激起了我看大堤的欲望。

我自言自语，这些文人挺厉害的，他们的笔尖竟能撬动我。这才相信，天底下的名山名水，经文人墨客渲染之后的确会有不同的内涵。这大堤呀，经文人的笔墨修饰后，就有了韵味，有了吸引力。难怪当年苏轼的《赤壁怀古》，使赤壁名扬华夏；范仲淹的《岳阳楼记》，使岳阳楼成为旅游胜地……

百闻不如一看。我下决心腾出大半天时间，一睹泾河大堤的“庐山真面目”，零距离接触它，仔细看清它！

二

一个风清气爽、日丽心闲的早晨，我独自走向泾河大堤。

走出政府家属楼不远，就望见大堤。我不由放慢了脚步，然后驻足伫视。好一道靓丽的风景线！它似一条蜿蜒向东的长龙，又似一道绕着彬城北部的绿色长城，更似一面为城区人民遮风挡寒的高墙！大堤矗立在泾河河漫滩南侧，整齐的垂柳俏立大堤堤岸，蓊蔚的花木簇拥在大堤两侧，静谧灵动的石桥，潺潺流淌的河水，真是一幅美轮美奂的立体生态图！

我急不可耐，加快了脚步，顾不得观赏笑红了脸的格桑花，顾不得品读沿路墙体上排列有序的“风”“雅”“颂”诗篇，顾不得走近意境悠悠的晨钟暮鼓。我沿着整齐的浅灰色石阶，疾步跨上大堤。

眼前，风景如画，醉人心脾。大堤的魅力让我折服，仿佛进入美妙绝伦的人间佳境，也更为大堤所折射的文化形象陶醉！

你看，千余棵垂柳，像一群婀娜多姿的少女随风起舞，喜迎我这位不速之客。在晨晖映照下，垂柳越发显得苍翠欲滴、生机盎然，似乎有无限的生命力；在微风的拨动下，它愈加妖娆多姿，似乎极力为人舞蹈，尽显它的风采，张扬它的韵致！垂柳北侧对应的是整齐划一的汉白玉栅栏，这些花岗岩被打磨得那么平滑，那么精美，上面镌刻着历代文人墨客的咏彬诗词与梅、兰、竹、菊画作，映示了复兴传统文化的迹象，诗情画意，相得益彰，韵味悠长，意境高远。堤的顶部是才铺设的平坦开阔的柏油路面，向东、向西伸至国道和千狮桥。站在大堤的顶部看去，大堤在阳光的映衬下，绿色、白色、黑色多么协调美观，多么引人入胜。试想一下，在大堤上 200 多盏造型别致的路灯的照耀下，在纷沓而至的游人的攒拥下，傍晚的大堤该是怎么样的人间美景！一睹这里的美景后，你难道不会沉醉其中吗？这座大堤融自然景观与人文景观于一体，又不乏现代化的基础设施，无疑可以载入彬州文化史、工程史和治河史！

望着眼前的泾河大堤，我心潮难平。这哪里是一个大堤，它是彬人的美学杰作，是 36 万彬州儿女征服自然的明证。弹指一挥间，荒滩变美景。

三

看着走着，走着想着。往往人有兴致的时候，就易引发诗兴，这时我不由自主地吟出一首诗：

一堤遏泾百年安，

千载梦求今朝现。
敢与龙王比高下，
试同大禹赋诗篇。
往昔岸坍禾屡噬，
眼下桥坚卉木安。
欣逢盛世大手笔，
人添笑容市添颜。

往前走着，尽情观赏着，见一尊巨石赫然竖立在大堤南侧一个平台上。走近一看，正面是“造福百姓”4个红色大字，由时任咸阳市委书记千军昌所题，背面是《泾河防洪工程建设记》。我细看着它：“彬州古城依山傍水，屡遭水患，铸堤防洪乃民众夙愿。2007年12月，县委、县政府毅然决定筑堤。翌年11月动工，越3载，工告竣，大堤巍然。大堤投资3.6亿元。东起福银高速公路彬县引线大桥，西至彬州千狮桥。堤长7000米，底宽45米，顶宽11米。迎水面块石砌筑，设防30年一遇洪峰……”

石记的右下方署名“李建民”，为时任彬县县委书记。这尊巨石虽无对建造大堤功勋们的述记，却也使决策者的名字与石碑共存，也永远铭刻在彬县人民心中！

四

此时，心存感激与亢奋的我，坐在大堤堤岸的木条椅上歇脚，似觉在氧吧，又觉在公园，只想多坐会儿，让习习晨风沐吹着，感受这放松之后的惬意。倒是北边奔腾不息的泾河把我的目光吸引了过去，引起了我的无限遐思……

这条历尽沧桑的泾河，是彬县的母亲河，既给她的儿女带来了福祉，又给沿岸人民带来过灾难。回望远古，她穿越多少亿年的时空，至少在数千万年的新生代下更新世以来，才悠然自得地在西北大地上自由流淌了。她为流域地形特别是彬县地貌的形成立下了汗马功劳，哪怕是其中的一滴水也功不可没！可今天，她竟与大堤结伴了。

泾河有时悠然舒缓，有时气势磅礴，有时水波不兴，有时狂涛怒吼。它自西北方向流出长武后，如脱缰之马，奔涌而下，冲力之大，气势之雄，竟蚀穿黄土，在石质岩层上切磨出一条通道，泻向东南。此一段它时而猛地冲到半山巨岩，狂暴地横冲直撞；时而狂呼乱叫，拼命冲下。冲出义门后，泾河大度多了，平静多了，集聚了很多支流，茫茫一片。各支流都精神焕发，合在一起比赛着飞奔的力量，雀跃着喧嚣的生命。用水文学术语说，中游河流，比降减小，势能减弱，流速变缓，流量增大，堆积增强，侧蚀强烈，右岸坍塌严重。它行着奔着，打水帘往下，便彻底放慢了脚步。因为它一路走来，出尽了风头，也吃尽了苦头，想放松一下，便东张西望，有时还一步三回头。在河心洲处，回过头张望了一番才恋恋不舍地离去。它是想多看一眼彬县大地，还是留恋古彬州城池？或是瞭望两岸的彬州梨、大觐枣？都有可能！

不过，在暴雨时节，它就发脾气了，不管是两岸的良田稼禾，还是将成熟的梨枣瓜果，它都会吞噬。特别是右岸，因为地球自转，北半球河流均为右岸侧蚀强烈，泾河也一样。它奔泻到鸣玉池西侧，碰到一较大的河心洲，被一分为二；到了黑石崖下，又依河心洲的指向，作了一番调整。也许这时泾水对自己被驯服有点恼怒了，突然撒起野来，猛地翻卷咆哮，窜涌出去。

年复一年，泾河在涨水时节给沿岸百姓带来过多大的灾难啊！但是，当地群众束手无策，官牌、水帘等村的村干群或砌垒砂袋，或用铁丝网石护岸，都只是暂时奏效。在凶猛如虎的泾河洪水面前，人们是多么无助惆怅，多么无奈焦急啊！当时如若有人要建造一座防洪工程，那老百姓简直要磕头烧香了！最终，还是人定胜天，彬人建造了这座防洪大堤！

而现在，我看着眼前规规矩矩、稳稳当当、顺势而下的滔滔泾河，似乎温顺得多了，驯服得多了。它一下子变得没脾气了，乖乖的遂人所愿，而且与右侧的大堤如同一对伴侣，一高一低，一刚一柔，相互陪伴，共奔美好未来。同时，它们亦形成一幅堤、水和谐的完美画卷，川静润生，生态盎然。在这张画卷上，彬人还在不停息地描绘着，打造着！

五

看着大堤，我浮想联翩。大脑里马上浮现出一个人，一个让彬县人至今心存敬意又赞叹不已的人。他，就是曾任县委副书记的韩瑞林同志!

人们只知道他是个清正廉洁、求真务实、勤政爱民的好领导，可他欲治泾河的决心，至今鲜为人知。

20 世纪 80 年代末至 90 年代初期，我在县委当综合组组长，韩书记除指导我怎样做好县委秘书工作外，还常在下午七八点叫我随他出去走走。每次他也不说去哪里，反正他走到哪，我陪随到哪。他没官腔官势，我也就自然随性。我们常在县委隔壁的县体育场篮球架下的铁横档上铺张报纸坐坐，也去城内外转悠，我很注意他的所思所言所行。他并非散心，总在观察、思虑着政事。

记得一次我们去西街今天的平林路，当时路况甚差，路面坎坷不平，一下雨就泥泞不堪。他边走边察看，边看边考虑。随后去党校，我以为他是去看教学设施，可走到大门外一大堆垃圾前他停步了：“把个好好的县城搞成什么样子了！”之后他很生气地回办公室了。第二天就召集有关部门主要负责人开会，彻底清除了那堆如同小丘的垃圾，并着手开始了居民区的道路修建工作。

记忆最深的是 1993 年 8 月的一天下午，雨过天晴，他带我去北滩。我猜想他要看结满川道的彬州梨，作为礼泉人他可能也喜爱这种梨吧？！他径直奔往泾河右岸坍塌严重的地方，走到一块被河水冲刷得仅留一半的梨园前，正巧一位梨农正在为梨园的一次次塌失、河进地退、面积锐减而发愁。韩书记看看果园，又看看老人，再看看泾河，他神情异常严肃，目光又那么坚毅，心里显然在思考着，在筹谋着，真似作战前的指挥官在察看地形。良久，他的脚步似乎更沉重了！我看天色已晚，便催他回。他安慰了一番老农，满怀惆怅地离开了北滩河岸。在回去的路上，他说：“泾河城区段不治不行啊！”

韩书记对泾河治理问题的思考，也引起我对他的思忆。记得不久之前，我在他面前提到过泾河的冲蚀问题，且在县委有关材料中也撰写过此类信息，但他如此重视此事，我始料不及。

这位为民书记，不长时间就被提任淳化县委书记。翌年，我带着彬州梨去看望他时，他还再次提到了泾河治理的问题，并语重心长地叮咛我："要做大事，不要做大官！"这既是对我的期盼，也是他的人生格言。

后来，他患癌症，英年早世。我悲痛，他壮志未酬；我欣喜，后来者成就了他未竟的事业；我断言，他的名字将会铭刻于彬人的心碑。

六

一座泾河大堤，如同一块巨大的磁石，牢牢地吸引着我，使我无法离去。一看手表，11 点多了，决意改日还来。

刚走到高速立交桥下，一位穿着时尚、风姿绰约的女子红着脸、怯生生地走过来，递给我一个很有档次的相机，请我为她拍照，并说："看大堤不留张照片，就留下了遗憾！"我心里暗赞：你还真有眼力，能碰上我这个在地理系学过摄影的蹩脚内行，算你娃有福气！

我一看，堤旁各处留影的人真不少。于是，我欣然选了景点，避过逆光，在垂柳下、大桥边、亭阁旁、花草前，聚焦了人与景的和谐与靓丽。没想到她对大堤也情有独钟，带了几套行头轮番登场，以大堤为背景深情留念。她越照越愉悦，竟拍下三四十张照片。她高兴地在相机上翻看，然后向我招了招手，骑上电动车飞快消失在我的视线中。

过了几天，她突然打来电话，叫我一块吃饭。她带着男朋友李峰，拿着洗出的 30 多张照片，兴高采烈地给我看，说今天专门答谢我。她将那张以大堤为背景的全身照放大为 24 寸，我这才细细打量了她当时的模样：瀑布般的披肩发，桃红色的紧腰短袖，黑色一步裙，再配以肉色袜裤和黑色高跟鞋，姿态优美地笑着站在电动车前。在泾河大堤前，人堤合一，生机盎然，愈显和谐之美，也相添了景趣！

（应《大美彬州》一书编写组之约写于 2013 年 10 月，刊于同年 12 月出版的该书上集第 58 页）

从地理学视角看彬县

我在《彬州地理》及有关著作中，都写到彬县版图轮廓像一个“人”字，或似一把铁锤，多年来一直坚持这个观点。近日换位思考，仔细观察，发现它的外廓又很像一只向东翱翔的大雁。

其实，细细想想，何止地形大势是这样，彬县的经济结构、文化格局又何尝不是“飞雁型”呢？这真是奇了！

先说地形吧，彬县图廓走势就是“飞雁型”，东塬龙高“头”挺起，稍偏东南因山地；泾河川道是躯体；南、北二塬为两翼。似雁首的龙高塬、香庙塬，地势高峻，海拔较高，在1200米以上，它昂首挺胸，面朝东方，向着祖国改革开放的前沿阵地。丰满的雁身，正是泾河川道地区，由泾河冲积而成，自然地理环境较好。这里海拔较低，地势平坦，地形开阔，多为阶地，土地肥沃，灌溉便利。县城海拔只有700多米，城区人口稠密，是彬县的政治、经济、交通、文化中心。“雁体”右翼北塬，含北极、义门、新民、小章等镇，地畴广大，塬阔坳平，经济繁荣，人口集中。塬中心倾斜度1°左右，塬边倾斜度也不过3°～8°。境内最大的塬要数北极塬了，仅次于董志塬、洛川塬。这里属果粮区，是彬州梨、彬州苹果的主产地。义门镇柴村的彬州梨，集中连片，形成了经营规模，量大质优，备受欢迎，县上还将这里作为示范区种植了老遗生、水遗生、平梨等第一代彬州梨。义门镇的赵村，好多果农年收入在10万元以上，年收入三五万元的果农比比皆是。“雁体”左翼南塬，塬面较小，起伏不平，地广人稀，发展亦快。其地形呈长条状，南高北低，略向西北缓倾，海拔最高处1500余米，塬边坡度大多在8°左右，沟谷延伸，是治理水土流失的重点区域。地理环境决定了这里为粮牧区，果品次之，副业以养殖羊、牛、鸡、兔为主。韩家的羊、水口的牛、底店的鸡饲养量较大，效益较好。

彬县“飞雁型”的经济结构是，煤电能源是主体，果粮、第三产业是两翼，工业兴彬为基调，多种产业齐崛起。32.6亿吨的煤炭藏储量及其延伸的产业链，撑起了彬县经济的脊梁，成为彬县至少一个时期的经济命脉。彬县煤炭企业每年产煤量总计都在几千万吨，电厂总共年发电数亿度。煤电能源成为彬县经济名副其实的“雁首”。下沟煤矿、大佛寺煤矿、蒋家河煤矿、火石咀煤矿等，以及彬县电力有限责任公司、陕西华电瑶池发电有限公司等单位攻坚克难，不断发展。特别是彬长能源发电有限责任公司，适应经济发展新常态，以大佛寺煤矿抽排的瓦斯为原料，年发电8000多万度，变废为宝，使其成为绿色能源，是全国装机容量最大的低浓度瓦斯发电厂。果业作为“飞雁型”经济的一翼，是广大农民的主要收入来源。享有“果乡”之称的彬县，红富士苹果、彬州梨等果品收入占农民人均纯收入的65%以上，成为农民致富的“摇钱树”，一二十年来产出效益稳步攀升，在品质不断提升的前提下产量也在增加。彬州果品不仅走红陕西，而且闯出了国门，备受海外消费者青睐。以商贸、旅游、餐饮、运输等行业为引领的第三产业闯出了一片新天地，这一“翼”也很给力。非公有经济组织已达1万多户，5万多人从业，年经济增长值达50多亿元。彬县的义乌商贸城成为名符其实的“领头羊”。一花引来万花开，非公有制经济如雨后春笋般成长起来，在全县经济结构三分天下的格局中有其一，为县域经济的跨越式发展做出了贡献。

彬县文化遗存的布局，也呈“飞雁型”。作为“雁首”的东塬文化遗存丰富，惹人注目。香庙塬庄农遗址的年代，与西安半坡遗址相当，属母系氏族公社时期。它周围的井村、康宁、新庄等村，就显现出当时的历史嬗变印痕。龙马、马栏、白骥等处，可能是周时防卫屏障，尤其是程家川以古朴典雅的古民居建筑风貌和淳朴和善的民风民俗，向人们诉说着当年的历史。“雁身”泾河川道，文物众多，分布较广，历史久远。大佛寺石窟，当年唐太宗李世民授意凿建它时也没想到今天竟会成为世界文化遗产，模仿唐太宗面庞雕琢的这尊巨佛，吸引着来此观赏的万千游人。周族先祖公刘，安然地躺在泾河岸边，注视着世事沧桑。他当年带领族民种稼务穑、艰苦创业，顽强拼搏、自强自立的精神风范，激励着后人，为彬人世代传颂，为华夏子孙永远赞美！“雁翼”梁塬，文物荟萃，时代较全，类型较多，尽显风流。“右翼”北塬上，最引人注目的是位于塬畔炭店镇水北村半坡上的姜嫄墓，姜嫄这个被清乾隆年间陕西巡抚毕沅高赞的“圣母”，相传是彬人最早的女性祖先。更有北极程家咀村二组南边坡硷发现的3个古人类居住遗迹，属新石器时代齐家文化。义门镇全家河沟道的恐龙骨骼化石，真实地反映了彬县在历史上曾经高温高湿的亚热带自然地理环境。“左翼”南塬上，水口镇九田村的苻坚墓、底店镇二桥村的冯晖墓、水口镇祁家崖村的公孙贺墓，折射出这里曾经的辉煌，也反映了在相当长的历史时期内，水口塬作为政治、文化中心的繁荣与兴盛。太峪镇拜家河的“一黑（煤炭）一白（瓷器）”，见证了这里早在明代就开始的采掘业历史，还有至今仍隐显曾作为拜家河乡政府驻地的政治光环。

对啊，大雁有随季节迁徙的习性，而彬县经济状况也在随时代变化而发展变化。但是，不变的是它的潜质与懿范，36万人的小康之路和对美好生活的向往，才是它的终极目标！

（写于2015年11月，发表在《幽风》2015年第6期“杨存时文学专辑”版块上）

走河南

一

这次走河南是送亲。族侄身体不好，要我带领由家族、亲戚等各方代表 13 人组成的亲友团，为远嫁河南尉氏县的女儿杨海丽送行。

2017 年 3 月 24 日清晨 6 点多，我早早起床，把大家安排在事先准备好的两辆较大的半商务车上，并带着一大箱红富士苹果、彬州梨和我为他们在红宣纸上挥写的已装裱的“龙凤呈祥”的书法作品，向河南行进。

车在宽阔平坦的高速公路上奔驰，我的心也随着车轮在激情涌动，竟一下穿越了千年历史隧道，公元 641 年文成公主远嫁吐蕃的故事浮现脑海。那位大唐公主，不远万里与赞普（吐蕃君长的称呼）松赞干布完婚，为后人留下千古美谈！后来金城公主又嫁给赞普尺带珠丹。大唐帝国的太宗、中宗先后将女儿嫁与藏王，特别是文成公主入藏时，带了蔬菜种子、手工业品和医药、生产技术方面的书籍，既加强了汉、藏两族的联系，促进了民族友谊和团结，又为发展藏族经济、文化做出了重要贡献。虽然民间嫁女与皇室结亲从规制、影响和意义上不可相比，但都必远程送亲，这个过程是一样的。当年的交通工具、道路状况等同现在的交通工具、道路状况相比，肯定差远了，且从长安出发，要翻过多少崇山峻岭才到达今天的拉萨。可想，当年的送亲队伍经历了多少艰难险阻，是多么的不容易啊！还有王昭君，她有一身男儿气概，以民族利益为重，义无反顾地主动去和亲，此举加强了汉匈友好关系，为中原王朝大一统奠定了基础。

王昭君这一壮举为后人称道，革命家董必武曾作诗盛赞她。今天我们杨门有女初长成，然而很巧的是我们千里送亲也带了三秦特产、书作和美好的祝愿。从西部彬城到东部尉氏，这既是一次秦豫之间的友谊之旅，又是一次文化交流，也是响应远距离婚配的提议。

这不是郑州吗？倒是司机把与历史对话的我唤醒过来，我一看表，已是下午 3 点多了。

二

在郑州附近，车子急转弯，奔向目的地，映入眼帘的是开阔平坦的中原大地，是如诗如画的无限风光。深绿色的麦子整齐地长在一望无垠的田野上，一排排挺拔的杨树将那绿野划分成网格状，地垄边沿的灌溉用水顺着人工渠不慌不忙地潺湲流动。它们似乎都在尽力炫耀自己的自然之美和生命张力，又似在尽情享受着阳春三月的美好时光。我隔窗看去，这一切构成了一幅富有立体感的水墨画，使人陶醉！我想，难怪历代帝王将相都要逐鹿中原，难怪诸多王朝在这里建都，原来这里有得天独厚的自然资源。

中华人民共和国成立前的河南是黄泛区，黄河十年九决口，泥沙掩埋大块田地，加之大旱、蝗灾，饿殍遍野，民不聊生。1942 年，河南省有 300 万人饿死，300 万人前往陕西逃难。逃难者中无数人因为饥饿易子而食，或在途中饿死、病死，以及扒火车时因挤踩摔轧而死，而且难民不断遭到各地军阀的驱赶射杀以及日本飞机的轰炸。那时，到处是一片废墟，到处是残垣断壁。

眼前的河南，今非昔比，治理了沙地，到处是良畴沃田，到处是欢歌笑语。与我们的目的地尉氏县毗邻的新郑、通许、兰考等县，都在治沙、治碱、治蝗中成效卓著，在种植小麦、玉米等粮食作物的同时，大力发展大蒜种植，使这一带成为“蒜乡”。种大蒜每亩收入万余元，农民靠此盖起了两层小楼房。还有成片的、田边路旁的杨树，又适生，又美观，河南人正阔步向小康生活迈进。

三

我们到达的第二天，是男方迎亲日。上午 9 点，海丽被送到县城一家美容美发店盘头、化妆。快中午时，男方用 8 辆白色轿车把我们一行人从下榻的宾馆接到男方家里。

婚庆活动就在此举办。迎亲车队一到，全村沸腾了。老年人拄着拐杖，妇女抱着小孩，青年人边跑边笑，都从不同方向赶来，院子坐满了人。新郎携海丽走进彩门，步入红毯后，婚礼正式开始。台上摆放了木方桌，上置先祖遗像，像前香炉上白烟袅袅。司仪是一位中年男士，用方言主持，先叫一对新人互拜，后向先祖遗像鞠躬，再将男方父母请上台，新人对其鞠躬，最后入洞房。这仪式竟同千里之外渭北高原上的结婚仪式大同小异。

我们被安排在新郎叔父家。一杯茶还没喝完，就端来 6 盘糕点，都是他们当地的特色小吃。我问其含意，他们说这叫“垫心”。接着，就先凉菜，再热菜，后汤羹，依次端上来 24 盘食物。我说别搞这么多，不要浪费，他们说这是对客人的尊重，每逢大喜事都这样接待尊贵的客人。菜少了麻辣味，多了甜淡味，每道菜还有寓意。酒席最后，端上来草莓、葡萄、苹果等水果。我问苹果是哪儿的，他们说是洛川的，我尝后断定是山东产的。这天我们哪里是在吃饭，全然是在吃风俗、吃文化!

负责招呼我们的是新郎的叔父，他曾担任过村主任、村支书，算是当地的“能人”。他与我并坐，非常好客，很是健谈。说他一直住在北京女儿家里，是专门回来为侄子办婚事的。女儿大学毕业后，在中央电视台军事农业频道做编辑。她弟弟自学摄影录像，成名后被中央电视台录用。他说，近二三十年，河南发展很快，当地培养出了一大批拔尖人才，在北京、郑州等地工作。他把村子带上发展正轨后，因年龄太大退休了。

我们吃着、说着、交流着，情意融融，笑声阵阵!

四

在河南，人们念念不忘的不是曾入主洛阳的武曌（即武则天），而是曾在开封府做官的包拯。其实来河南之前，我敬仰的也是这位包大人，想亲耳聆听有关他的故事。所以，就确定25日下午2点30分专程去开封市，拜谒包公祠。主家派人给我们带路，我欣喜万分，激情满怀。

车行半小时之后，停在一座褐墙灰瓦的古代建筑门前。这个被偌大的包公湖包围的名胜就是闻名遐迩的包公祠，是专为纪念北宋清官包拯，于20世纪80年代建造的。

进祠须先上十几个台阶，经大门方可入内。门上写着“包公祠”3个金光闪闪的行体大字。整个门楼雕梁画栋，独具匠心。门前，人头攒动，人们争相拍照，其中好多是年轻人。我忙取出相机拍大门风采，拍门前景象；又忙用我的手机录下这人声鼎沸的场面。

进入门后，正中的大殿上方高悬“正大廉明”匾额。正中端坐着头戴长翅乌纱、身着蟒龙大袍的包拯铜像。他双眉紧锁，目视前方，表情严肃，正气凛然。他任开封知府数年，为官清正廉洁，深受当地百姓爱戴。

包拯，字希仁，谥号孝肃，庐州（今安徽肥东）人，生于宋真宗咸平二年（公元999年），仅活了64岁。他少时家贫，28岁考取进士，后任知县、知府、按察御史、枢密副使等职，授龙图阁直学士。包拯是北宋名臣，在人们心目中他是清官的代表、正义的化身，百姓称他为“包青天”。他执法严明，铁面无私；关心民苦，为民请命；谏言改革，兴利除弊；严惩贪官，廉洁清正。有关包拯的故事和传说，自元代以后在民间广为流传。

正殿左侧的大殿内雕有“铡美案”的故事，进一步诠释了包拯不畏权贵、刚正不阿、执法如山的品性。

我在座座殿宇间踽踽独行，人的心灵在这里能得到洗涤。有了这面镜子，正直之人增添了一成傲气，三分自信；有了这面镜子，政治生态亦不致黯暗，而会渐趋清明。不觉过了两个小时，当我意犹未尽地离开这里时，大家在车前只等我一人。我感到，远得看不出面影的包拯，今天却是看得很清很清！

我不由得赞叹，1000多年前出现的这位永垂史册的政治人物，是开封的骄傲，是中国的骄傲！

（写于2017年3月28日，即离开河南的翌日）

第／二／辑　小说

山间小鹰

那是一个春暖花开、风和日丽的艳阳天，知青小组推选我去东沟大队采访全县闻名的优秀知识青年杨爱农扎根农村干革命的事迹。

我可高兴啦，心急腿快，不歇气地向东沟大队奔去。

东沟景色真迷人，树林一片连一片，风一吹就像大海里掀起波浪。阳光在树丛中洒下条条金线，照得花花草草格外艳丽。一眼望去，层层梯田绕山转，粼粼水库映蓝天，山青水秀美如画，吃草的羊儿好悠闲。嘿，这些把我都瞧醉了。

“小伙子，上哪里去？”走到半山坡，一位60岁开外的老人亲切地问我。他两鬓苍白，久经风霜的脸上黑得发光，手里拿着长鞭驱赶羊群。他，就是东沟大队第一生产队老党员王坚大伯。

“大伯，咱大队的杨爱农在吗？”我想，人家杨爱农在农村干出那么大成绩，组织准会推荐他进工厂或当领导什么的，不可能在队上，更不会在放羊，所以急着问他。可是没等我说完，老人把目光投向对面山头上，我立即明白杨爱农在放羊。他指着说：“那不就是爱农吗？”

“大伯，听说爱农在东沟表现很好，深受贫下中农欢迎，今天我专程取经来了。”我随即把开给东沟大队的介绍信递给他看。大伯看过信，笑着说：“说实话，两年来爱农这娃变化可大啦！刚来时，农活样样不会干，现在样样农活是行家。他听毛主席的话，为咱贫下中农做的好事像天上的星星，每天看得见，可是数不清。就这放羊，他可专心啦！”大伯高兴得脸上的皱纹都舒展开了，真像父母夸子女那般开心。

大伯对这个话题似乎兴致很高，他蹲了下来点着了旱烟锅，边吸边说：“爱农确实是个好娃呀，他为了集体，不怕脏，不怕累，那个吃苦劲儿真叫人高兴。遇到羊得了啥病就问我，可认真啦！可是咱村里守传统观念的人在背后吹冷风：‘高中生当羊倌，是香花插在牛粪上’，说什么爱农在农村是‘兔子尾巴长不了’。这些话爱农一点都没理睬，用他的话说，就是扎根农村干革命，哪里艰苦就去哪里干。他时刻把心放在羊身上，发现哪只羊不吃草就找好草喂。有空就翻读那么高的一摞子书。”大伯还用动作比划，那股热乎乎的劲儿更强烈了，我好像看见一棵小松树，在辛勤园丁的浇灌下，茁壮地成长起来。

“大伯，他为啥还在放羊？”

“咋不放羊，爱农这娃爱这事！去年大学招生，大伙举荐他，大队党支部推荐他，他也学得好，可就是坚决不去，说咱东沟面貌不变他不走。今年工厂收工人，大伙又推荐他，他还是坚决拒绝，他说他要在农村干一辈子！你看，他吃了秤砣铁了心啦！哈哈！”大伯爽朗地笑了。

“大伯，谢谢你了，我想与他交谈交谈！”说着，我准备到杨爱农跟前去。

“不，我叫一声，他过来你们聊聊。”大伯喊了声，只见一个20岁左右的小伙子，黝黑的脸庞，穿着洗得发白的学生装，裤腿挽在膝盖上，听见叫声转身一溜风似地跑来了，跑陡坡跟跑平地一样顺溜，我看着他健硕活跃的身姿，联想起了山间的小鹰。

“嘟——嘟——嘟”，只见他拿了个哨子吹了几下，那些膘肥体壮的羊闻哨声从各个坡沟跑来了，那几只小羊羔还边走边用头碰杨爱农的腿，玩耍得挺开心。

没等杨爱农走近我，大伯抢先介绍说：“他是代表东风大队知识青年，专来拜访你的！”

“爱农，你好。”说着，我忙走过去和他握手。

“你们太谦虚啦，我做的与党的要求和贫下中农的期望还差得很远！不过，今后咱们共同帮助，共同前进嘛！”他谦逊地说。

我看见他手里那个哨子，打趣地问：“你还给羊上操呀？”

杨爱农哈哈一笑说：“不是上操，这叫‘条件反射’，训练着让它们听哨子，可以代替吆喝声嘛。”说着，我俩就地坐下。

“爱农，你喜欢牧羊这工作吗？”我问他。

“当然喜欢呀！无论什么工作，只要你懂得它的意义，就会喜欢它的，而且越干越有意思，越干越有劲头。”他接着说道：“干什么事情，价值观是最重要的。有人来农村，可能喜欢弯弯的月亮，雪白的梨花。”“那咱不是都喜欢吗？”我说。“是喜欢，咱是喜欢月亮照着夜色美，喜欢梨花开过能结出丰硕的果实！你别笑，这有一定的道理呢！喜欢什么、爱什么，这里边可有个思想境界呢！”我不由得自言自语道：“爱农的思想水平不低呀！”

“就说我吧，青年人都有理想，我也有理想。记得高中毕业时，老师出了一个叫《我的理想》的作文题，我写的是当拖拉机手。我是这么写的：‘晚上，一轮皓月斜挂在天幕的东南角，给大地洒下了一层柔和的银光。阵阵晚风吹来，带来清新的泥土气息，我开着拖拉机在寂静的田野里飞快地奔跑，多么好的夜晚，多么好的时光啊！’真的，你别笑，我就是那样想的，这哪里是一个拖拉机手哇。那时候，我喜欢的其实不是‘开拖拉机’，而是‘一轮皓月’‘阵阵晚风’，‘寂静的田野’是‘多么好的夜晚’‘多么好的时光’！因为那时我不懂得当拖拉机手的真正意义。你说，我如果抱着这种思想当个拖拉机手，能干好吗？一个拖拉机手哪能整天在这美好的环境里工作呀！”他态度很严肃地说：“这些，不是我凭空想出来的，是我通过学习马列主义和毛主席著作，在广阔天地里爬摸滚打，才逐渐悟出了这些道理。”

听了杨爱农的一席话，我想一个模范人物可以通过一次长篇报告展示他的思想境界，也可以通过几句豪言壮语抒发他内心深处的豪情。杨爱农寥寥数语，言简意赅，发人深思啊！

“同志，咱再谈谈当羊倌儿这事吧。”他接着说：“也许有人会这么描写：‘太阳当空照着，天空像一块蓝色的玉石，半山坡上一群羊悠闲地吃着草，一个放羊的小伙子手里拿着鞭子，唱着歌儿。这一切多么美好呀！’同志，你别笑，真的，他们可知下暴雨的时候，那个小伙子会被淋成什么样子？刮狂风的时候，那个小伙子会被吹成什么样子？更不知道起粪垫圈这些又脏又累的活儿，他们如果知道的话，准会唉声叹气。”他红润的脸上写满了认真，继续说道：“知识青年确实需要到农村来锻炼锻炼，需要用汗水冲刷思想，用劳动筑就坚强。

我下乡3年，贫下中农为了培养教育我，付出了多少心血啊！就是这王大伯，他处处从政治上关怀我，从生活上照顾我，可谓无微不至。”杨爱农神情庄重，看起来内心异常激动。沉默了一会儿，他慢慢抬起头来，向远方望去，远处重峦叠嶂，山丘起伏，像大海翻滚的波涛。高空，一只山鹰在盘旋着。

忽地，他又活泼起来。“同志，做羊倌儿，这可有干头哩，真正当个好羊倌还不容易，你看那只大母羊——”杨爱农指着一只体形强壮的羊说：“它初冬得了病，差点儿死了，入冬就不好好吃草，开始吃得少，最后一口不吃，整天跟在羊群后面，毛干体瘦，上山还得我往上背。我看在眼里，急在心里，不知是啥病，便从书上找答案。依据羊肚子旁边一块儿脱了毛，流出血来，才断定是羊出了疮。我连夜买回药给它灌，慢慢好点了，但羊还是疲乏不堪。我每天烧些玉米糁给它喝，搞些细料隔出来喂它，白天喂，夜间喂，这羊逐渐胖起来了。你看，现在还不错呀！”杨爱农深情地望着这只羊，我立即体会到了他的心情。他的话说得很简单，可是这不是一件简单的事情，这里不知道有多少个不眠之夜，付出了多少辛勤劳动，花费了多少心血！

这时，我抑制不住激动的心情：“爱农，你干得好，为我们做出了榜样！”“不，不能这么说，咱们都是遵照毛主席的教导，接受再教育的，今后互相学习。不过，刚才谈的是一些体会。”他似乎后悔刚才自己说得多了。

可是，我是多么想和他多谈几句，但又一想，即使再谈，他也不会像刚才那样畅所欲言了。

时间过得真快，不知不觉太阳偏西了。当我告别了杨爱农和王大伯，离开东沟的时候，只见那只山鹰飞得更高了，更有力了。霎时，好像一颗珍珠投进了我的心海里，激起了层层浪花。还有什么好说的呢？老远望着杨爱农，我的眼睛不由湿润了，杨爱农的形象越来越高大了起来……

（1975年9月7日写于义门公社黄畔大队）

萍儿的婚事

萍儿，真名叫刘萍，是父母对其独生女的爱称。

“我说娃呀，你的婚事也该考虑一下了！”秋后的一天，母亲看到萍儿今天心情很好，就又唠叨了。

“妈，我正要给你说我和石云的事……”萍儿边收拾东西边想向母亲正式宣布她与石云的婚事。

“这事你姨娘给我说过，你细说说。”母亲用鼓励的目光望着萍儿。萍儿一句话没说完，眼圈先红了。

原来，萍儿有过两次不幸的婚姻。一次是她中学毕业后，对她的一位同班同学小吴有好感，两家相隔不远，两人从小青梅竹马。吴家托人来萍儿家说合，认为刘、吴两家条件相当，门当户对，成亲没问题。可萍儿妈坚决不同意，嫌小吴没工作，怕萍儿以后受罪，使得这桩在当时还算得上自由做主的婚事一夜间告吹了。萍儿为此没少哭鼻子，但又没办法，一气之下，萍儿到西安某工厂打工去了。在厂里，由于她聪明能干，每天把办公室的日常事务料理得有条不紊，得到领导和同事一致称赞。她每月有近百元工资，可谓丰衣足食，心情逐渐好了起来。

可是好景不长，萍儿有一天突然接到家书，母亲要她返回家中。她猜测可能有人提亲，不想回去。可又一想，母亲守寡多年，对她很是疼爱，可怜一片慈母心，于是她就回去了。不出所料，一位亲戚为她介绍了邻村一个姓李的小伙子，虽然与她年龄相当，人也实在，但是没读多少书，一句话说不清就面红耳赤，本村人戏称他“女子娃”，且家贫如洗，父母智力低下。但萍儿妈非要把她嫁到李家不可，说人家家有果园，庄稼汉本本分分，跟个农民有地种，不像工人还可能下岗呢！萍儿坚决不从，并想以死来抗婚，但母亲软硬兼施。在万般无奈的情况下，萍儿只好遵从母命，勉强答应了。

就在订婚的当天下午，客人刚走，萍儿以去姑母家为由，跑出了家。她藏在自家老庄子的窑洞里，关好门，盖上破被子睡了三天三夜，哭乏了睡，睡醒了哭，哭干了眼泪，把眼睛哭出了眼疾，至今留有后患。她一门心思等待着死神的降临，多亏牧羊的刘大爷发现，才被乡亲们搭救，把她抬回家。但母亲仍不改变主意，萍儿就在这样的情况下，含泪出嫁了。婚后第二天，她就跑回娘家，而且一待就是一月多。

一年后萍儿和姓李的小伙子有了孩子。为了生计，为了改善那个贫穷的家，她不得不在街上做小本生意。随后两人关系不断恶化，没有感情基础的婚姻摇摇欲坠，两人又长期分居，没几年就分手了。接着，一位大学毕业、才貌双全、能力超众、各方面条件都很优越的中学教师石云闯进了她的生活，两人相见恨晚，很快坠入爱河。她是他的活力之源，他是她的生命之光。石云坚决支持萍儿扬长避短，做大生意，两人合计后在县城办起了超市。

这桩婚事和办超市的事，萍儿虽已几次向母亲透露过，但今天她要正式向母亲一次报“双喜”的时候，真像是“红军爬雪山过草地”一样艰难。

“嘟！嘟！”母女正说话间，门外传来了汽车的喇叭声，随即石云便从门外走了进来。

“大妈，我和萍儿的事……”没等石云说完，萍儿妈就接着说：“我知道了，我不会再干涉萍儿的婚事，只要你俩过得好，能白头到老，我也就心满意足了！”

三人会心而笑，母亲送萍儿、石云进县城了。

（写于2001年12月5日，发表在2001年12月25日的《咸阳日报》上）

献血

献血，使我欣慰，使我愉悦，更使我心潮难平，一幕幕以血救人的往事涌现眼前……

20世纪90年代中期，我担任渭北一个乡镇的党委副书记。初春的一天，我去一个偏僻山村检查工作，马不停蹄地跑完七沟八岔上的8个村民小组后，已是伸手不见五指的夜晚。回到村部，扫去一身尘土，喝了杯水，我决定在这儿住下来，参加第二天召开的村民大会。

“杨书记，我是拜……”

我突然听到叫门声，声音苍哑，连他的名字都听不清楚。我忙下床把门打开，外边站着一个老人。

“我是五组的拜牛余！”他边说边望着我。

“大伯，有事进来讲嘛。”他随声进门，“扑通”一声跪倒在地。“老人家，不要这样，请坐下来说！”扶起老人，我看他六七十岁的样子，面容憔悴，骨瘦如柴，头发全白了，腰弯背驼，棉衣里的棉絮外露。

老人家坐下后，老泪纵横，泣不成声。他双手拍了一下膝盖，低下头说：“唉，我都快70的人了，只生了一个娃叫狗蛋，算上学哩，得了白血病，县城省城治了半年了，光输血就花了一万多！”说到这里，他更伤心了。诚然，一万多元对于一个庄稼汉来说，如同一个天文数字，来之不易啊！

“大伯，不要过于伤感，慢慢说吧！”我含泪劝慰道。

“为了娃的病，老伴哭出了眼疾，我快跑断了腿，白天借钱，晚上煎药。今个儿到塬上亲戚家借钱时，十里八乡人都说你是大好人，这几年给咱老百姓办了不少好事，报上还登了你的事迹，称你是‘人民的好公仆’。我就决心非找到你不可，今天中午专门去乡政府找你了，大家说你整天下乡，在村组忙活。可算在这里找到你了，你可要为我这个山里人作主呀！”

“大伯，我理解你、同情你，我也是贫苦农民家庭出身，咱先去看看孩子。”这时候，我忘了一天的劳累，拿上手电，拄着白天上山的那条棍，叫来了村支书和主任，一同去拜家。

真是不看不知道，一看吓一跳。他家除了两孔破窑、一个土坑和光席上放的两条政府慰问时送的被子外，一无所有。孩子已被病魔折磨得皮包骨头，声声哭着要上学。

“杨书记呀，我已哭成了病身子，我这把老骨头不值几个钱了，可娃才十几岁呀！我造了八辈子孽，娃咋能得这病嘛！”大娘声泪俱下，哭天喊地。

“大娘，我们工作没做好，对不起你们，我们会尽力帮你们的。”我随即问了这孩子的血型，他恰好与我都是O型血，这使我感到快慰多了。我当时心里就暗暗决定，为这位白血病人无偿献血，并当即向村上干部叮咛，一方面想方设法为这户排忧解难，另一方面动员干部群众献血救人。

第二天，我就为这孩子一次献血400毫升。这一年，我3次无偿献血，只为拯救这个年轻的生命。这个村的干部和一些群众也跟着献血，据说乡上几名干部也都无偿献血。

同年腊月，我带着慰问品再次登门拜访这个不幸的家庭，孩子的病已得到有效控制，脸上有了红晕。孩子的一位同班同学正在帮他补习功课，他母亲的眼疾也好多了，拜大伯脸上也挂上了笑容。两位老人一见我就拉着我的手，好像有说不完的心里话：“杨书记，你救了我们一家人，你多次献血，还瞒着我们。这叫我们咋谢你呀！”拜大伯深情地说：“娃他妈，是这吧，今个儿给书记吃顿‘针线吊葫芦’（一种鸡蛋加面条的特色小吃）。你甭嫌，这是我们山民招呼贵重客人的饭，也是我一家人的心呀！”

“大伯、大娘，多谢了！你们关照孩子要紧，我还会帮你们的。”握着二老的手，我边说边告辞。

今年初春，又是在这春暖花开的美好时节，我再一次走进了县医院的献血室。这次是为一位久病不愈的中年教师无偿献血。

（写于2003年3月22日，发表在2003年4月15日的《生命家园报》上）

婚庆之日

许萍在 5 月 4 号这天“添箱”（渭北一带将姑娘出嫁前一天称为“添箱”），第二天将嫁到对面塬上的黄田村。

这位医科大学毕业的高才生，今年二十又八，在本县中心医院工作已几个年头了。父母牵肠挂肚的婚事，终于要画上句号了，老两口乐不可支，里里外外忙个不停。“这娃咋还不回来？”许大伯又一次走到门口，朝公路上张望后自言自语道。原来，突如其来的非典型性肺炎像猛虎一般向人们扑来，彬县这个黄土高坡上的县城也出现了疫情，县上高度警觉，严防死守。昨天从北京疫区回来了一位打工仔，当即被隔离观察。正准备回家办婚事的许萍正在值班，医院人手又少，她主动要求留下,然后给家里打了电话,说她“添箱”这天上午才能回来。

同学、好友、邻居、亲戚都赶到许家祝贺，屋里屋外、新搭的简易棚内都是吃完早上“汤泡馍”的客人。人人脸上挂着笑容，男的小憩抽烟、说笑，女的围着嫁妆看个没够。

“大伯、大婶对独生女真够心重的，这么好的嫁妆，这么热闹的‘添箱’，真叫人羡慕！”担任村计生办主任的春芳嫂，指着大彩电、洗衣机、艺术鞋垫和一纸箱医学书籍，高兴地说道。“萍是咱许家第一个女大学生，真是山沟里飞出了金凤凰，这是咱许家的福气和骄傲！”农业职业学校毕业的村果树技术员小许急忙插言。“还是大伯、大婶有眼光，靠刨黄土把娃供成人了！”大家你一言我一语地谈论着。

眨眼间已到下午 2 点，“总管”（婚事管理者）吆喝客人们入席可还不见许萍回来。

大家入座后，有的吃水果糖，有的嗑瓜子，在欢庆的气氛中因主角还没登场，说话的人逐渐少了。窗台上的收音机播放着秦腔“我杨家投宋来不要人保，白龙马梨花枪苦挣功劳……”爱说爱唱的老支书跟着哼唱，并用嘴“咕哩咕咕”仿拉板胡，引起一阵笑声。

“叮铃铃，叮铃铃……”电话铃响了，许大伯忙拿起话筒。

“爸，我已经在回来的路上，马上就到！”许萍告诉许大伯。

“乡党们，今天许大伯为萍举办这么一个简朴而热烈的‘添箱’仪式，主人很感谢大家！前来道贺的亲朋、同学明天都要把萍送到婆家去，再忙这事不能误。”总管在大家举起酒杯后郑重其事地叮嘱道。

“父老乡亲们，大家好！”这时，许萍被未婚夫小石用摩托车送了回来，风尘仆仆地出现在大家面前。只见她1.6米的个头，窈窕的身段，俊秀的脸庞，黑亮的短发，合身的衣着，显得靓丽秀美，干练聪慧。大伯、大婶忙拿了小凳放在女儿跟前。

“感谢大家都来为我祝贺！因预防‘非典’工作太忙，我回来迟了，对不起！来，我敬大家一杯酒！”敬完酒后，她神情庄重地说：“爸、妈，各位亲朋，现在省城‘非典’形势严峻，省上定点医院人手不够，向各地选调一批医生，我已递交了申请书，组织也批准了，明早就出发。”话一出口，大家都懵住了，人人脸上现出惊诧的神色，人声鼎沸的场面一下子变得寂静了。

“萍萍，你……”大伯、大婶几乎同时站了起来。“咱把你嫁妆啥都准备停当了，这么大的事，小石家能同意吗？”大婶急忙说道。

“妈，我已经与他商量好了，他家的工作由我来做。再说，他非常支持我，明早送我到省城，这不是更有意义的婚庆吗？你二老保重身体，要理解女儿。”她表情严肃，郑重说道：“现在疫情严重，民众恐慌，事关重大。救死扶伤是医生的天职，你们节衣缩食供我读大学，不就是盼望女儿能成为一个对人民有用的人吗？今天，面对‘非典’疫情，我这个新党员不上谁上，咱要舍小家顾大家！”她态度坚定，以乞求的目光望着父母。

“她妈，萍儿说得在理，叫娃去吧！”许大伯挥了一下手说道。

“唉！妈就不拦我娃了，你可一定要保护好自己！”

“谢谢爸妈，谢谢各位，我现在还要去几十里外的石家打招呼，请大家吃好喝好，再见了！”

一阵沉默。端起酒杯的忘了喝酒，拿起筷子准备夹菜的忘了夹菜。接着，一个个仰起头，目送许萍离开，又边喝边吃边议论起来了。只听春芳嫂高兴地说：“我看今这‘添箱’才有意思，真正值得庆贺！”老支书抬高嗓门：“萍儿是咱许家的好闺女，是党的好女儿！”大家随即都发出了赞许的声音！

（写于2003年5月10日，发表在2003年8月25日的《咸阳人口报》上）

检查

“咚，咚……”急促的敲门声，把每天习惯睡午觉的黄坡镇党委书记武能从梦中惊醒了，他惺忪着眼、吊着脸，慢腾腾地打开门。见是王秘书，他劈头盖脸地训斥道：“有多大的事，都等不到我睡醒？”

武书记话音未落，王秘书就匆忙进门汇报：“对不起，武书记，有急事。刚接到县委办公室通知，说明天由县上领导带队，果业局等部门参加，要对今年春季的果树管理工作进行检查，要进行量化考核呢！”他毕恭毕敬地站在那里，一本正经地说。

“大惊小怪的，我以为是什么大不了的事。”武书记漫不经心地说道，一副若无其事的样子。“这很简单嘛，咱永红村的苹果示范园很拔尖，每年的几次检查都看那儿，县果业局也肯定了那个园子，我还介绍过经验呢！我看这次还看那个点，只需要穿‘靴’戴‘帽’，面面上再下点功夫就行啦。”

“那个示范园50多亩哩，明天人家就来检查，我听村上干部说那个果园今春啥都没弄。”王秘书望着武书记的脸焦急地说道。

“这来得及，叫些人突击搞一下不就好了。还不是主管农业的副县长带几个人来看看呗。”说着，武书记突然变得认真起来：“小王，最近植树造林可是大事呀，这是县委一把手洪书记抓的，你要及时搞好下情上报。‘一把手工程’丝毫马虎不得！”他点了支“好猫”香烟，坐到他的老板椅上，跷起二郎腿，提示性地对王秘书说：“小王啊，你还年轻，工作上要看得来方向，要抓主要矛盾，这是政治嗅觉问题。这方面，你还得看我的。”

王秘书听了感到很茫然。他想说什么，抬头看了看武书记冷峻的面孔，又低头不敢说了。

“我看是这”，武书记安排道：“你把检查这事告诉一下主管果业的刘副镇长和果业专干小李，叫他们组织些人，把那个示范园按县上要求，将靠公路这边好好收拾一下就行了。”

“今春县上提出按‘大改形，强拉枝，巧施肥，无公害’的要求抓好管理。”王秘书忙补充说。

“就是呀，人家检查什么，咱就准备什么。你把去年检查时用的那个汇报材料再补充一下，要写出我们黄坡镇果树管理的特色才行。检查情况如何，就看汇报得咋样。我下午还要听包片领导关于造林情况的汇报呢。”

离开武书记的办公室，王秘书按照这位镇一把手的指示，拨了电话，做了传达。有关人员和这个村，也忙活了一阵子。

经过武书记的一番“导演”，镇上紧锣密鼓准备后，武书记心里踏实了。第二天清早，他泡了杯茶，点了支烟，拿了张报纸，正襟危坐，等候“演出”。

“吱……”手机响了，武书记急忙拿起来接听。

“喂，武书记吗？我是石云。我们检查组一行 8 人已查看了你们 3 个村的果树春管情况。这次县上检查是随机抽样的……”

“啊？”听到“随机抽样”这几个字，武书记不禁大惊失色。

电话那边继续说：“带队的是县委洪书记，他叫你和镇长到我们正检查的丑家塬村来一下！”听了县果业局石局长的电话通知，尤其听到是县委洪书记带队，武书记一下子傻眼了。好多意想不到的问题竟然发生了，他不由得紧张起来，虽是阳春时节，头上却直冒汗，急忙唤来镇长，一同来到丑家塬村一家果园里。

“噢，洪……洪书记，我……”武书记极不自然地低头哈腰，蓦然变得很谦逊。他边递烟边欲向洪书记和检查组同志解释些什么。

“武书记，根据我们抽查和沿路所见，你们镇果树春季管理很不理想，大多果园没有整理，拉枝、施肥、种草、病虫害防治等基本上没搞。武书记，果业这个兴县富民的支柱产业，我们渭北可丢不起呀！”石局长语重心长地说道。

“武能同志，你工作中存在的官僚主义、形式主义等问题，与‘两个务必’的要求相差太远了。在果业生产这么大的事情上，你作风轻浮，华而不实，管理粗放，考核得分落后全县。根据大家意见，从今天起，你停职检查，县上将派出工作组，帮促整顿你们镇！”洪书记态度严肃，语气严厉，句句铿锵有力，字字掷地有声。说完，坐着他们一同乘坐的一辆普通面包车离去了。

此时，呆在那里的武书记长时间不说话，两眼含泪，面色灰沉。他是在反悔？还是在反思？这时侯，只有他自已明白。

（写于2003年6月7日，发表在《彬县文化》2004年第2期上）

路遇好人

“这一元钱非要不可！”我瞪着眼，声色俱厉。

“师傅，我因进货，确实没钱付给你了，咱邻村邻舍的，先欠下。”她用乞求的目光望着我。

“不行！”我斩钉截铁地说：“你办小卖部为赚钱，我跑出租也不能白干！”说着，我蹲下身抽起烟来了。两人互不相让，陷入“冷战”。

“唉，这位师傅，车进城不？”突然，从柳林村小路上匆匆忙忙走出来一位女士，铜铃般的声音打破了一时的沉寂。我循声望去，她大约30岁，1.6米的个头，黑而散直的长发，大而有神的眼睛，穿一身洗得发白的牛仔衣，显得那样漂亮。

我吐了口烟应道：“进么！”仍没动，意在通过她催我，间接催那应付清我车费的人。

“这位妹子，事情是这样的。”没等我吭声，个体户向这位女士细说事由：“我在县城坐车时，连人带货说付他10元钱，可下车掏钱一数，钱不够了，他……”

“唉，我以为是多大的事呢，我代这位大姐付你一元钱。”她顺手交给我钱说：“请你快点发车，我去县医院有急事！”

我这才将车启动，只见她向那位个体户招了下手，飞快地上了车，没等坐稳就说道：“师傅，路上不要停，车费你要多钱我付多钱。”

“你家有人得病住院了？”按说作为司机，不应询问乘客的隐私，可我看她心急如焚的样子，就顺势问道。

“不，我去血库献血！”她很豪爽地说道。

“献血？”我看了眼她那瘦小的身板，不解地反问。

“是呀。”她接着说：“我是柳林小学幼儿教师关娅琳。我们村上一位村民劳动时不慎掉下沟，出血太多，家又贫困。孩子在我带的班上学。知道这一消息后，我夜不能眠。要拿出很多钱资助他们，我有心无力，因为我每月工资只有300元。可血是有的，我年轻，身体素质很好，趁今天星期天我就赶紧去县城为他无偿献血。”

她的话字字如金，句句入耳，犹如涓涓甘泉，滋润着我的心田。我顿觉像丢了什么似的，心里有种说不出的滋味。联系刚才发生的一幕，我不由自主地低下了头，无意间也放慢了车速，用敬佩的目光打量了一下她。“真是人美心更美！”我由衷地赞叹道。就在这时，我陷入了沉思：我每天少说也挣百八十元，却为一元钱与人争执不休；她每月工资才300元，却能慷慨助人。论身体，她比我瘦得多；论素质，她比我强得多；在他人遭遇危难之际献血救人，多么高尚的情操，多么伟大的精神！相比之下，她的形象是那样高大，我却是那样渺小！我越想越惭愧，似乎感到从耳朵到脸都是红的。

“师傅，你在想什么？可要注意安全噢！我下午还得赶回去，参加学校例会呢！”她认真地说。

恍惚中听到这话，我急忙回过神，正儿八经地说：“嗯……走吧，咱们一同去县医院吧！”

“你……你也献血去？”她高兴而惊诧地问我。

“是的，我也要无偿献血。你看我这么壮实的身体，比你还要献得多哩！”

“哈哈！”两人不约而同地开怀大笑。

“妹子，你真不愧是人类灵魂的工程师。我要把今天这事告诉我的同行、家人，叫大家都向你学习！这样吧，咱们献完血后，我还要无偿把你送回家，你老公不吃醋吧？”

“你真会开玩笑！”

说着，车已进入县城，快速驶向西中街的县医院。关娅琳和我一同向县医院中心血库走去。

（写于2003年6月14日）

脊梁

20来天的连阴雨，下得红枣裂口，豆子发霉，果园病菌蔓延，更使好多旧房不时坍塌。这无时无刻不撞击着新兴村党支部书记郝牛娃的心，他不是牵挂东家，就是念叨西家，一连七八个晚上没睡上安稳觉了。

这天晚上，郝牛娃看了中央电视台的天气预报，说阴雨天气还将持续两三天。他感到心上像压了块石头，心情异常沉重。尤其是电视上关于胡锦涛总书记、温家宝总理关心陕西渭南地区水灾的报道，使他备觉1000多口当家人肩上担子的份量。快11点了，他还毫无睡意，一会儿出门看看淅淅沥沥的雨，一会儿抽烟。他心想：二组虎子家的砖土木房不会有危险吧？四组二牛他妈昨天从窑洞中搬出来，不知组上安排好没有……突然，他扔掉剩下的半截烟，跳下床穿起高腰雨靴，拿起雨伞，就往外走。

“他爸，你几天忙得不回家，咱家房子漏水也顾不上修一下，这么晚了又干啥去？”妻子一把拽住他的衣角，心疼地埋怨道。

“淑萍，你听我说，村头二组玉芹母子住在窑洞里，虽说盖了几间新房，但还缺门少玻璃，至今没有住进去。丈夫长期在外打工，孤儿寡母的，今天早上我叫组上帮助搬一下，不知道搬了没有？我实在放心不下！”

“不行，人家20多岁的年轻媳妇，你黑天半夜的，不怕别人说闲话？！咱们睡吧，明天再说。”妻子把他往床上拉。

“身正不怕影子斜，不管别人怎么说，人命关天呀！”他义正词严地抬高嗓音说道：“你先睡吧，安顿好我就回来。”

“不嘛！”妻子拉着他的衣角不松手。

郝牛娃心如火焚，使劲拉开妻子的手，一转身就闪出门，疾步赶往村头。

“他爸，他爸……”他已消失在雨里。

郝牛娃叫了村主任和文书，喊醒了已入睡的玉芹母子，命令她们连夜搬。玉芹一再推辞，说明天搬。在反复做工作无效后，他们强行帮其搬走，并用封条封了门。几位干部拿了自家的东西给遮挡了门窗，并决定第二天叫木匠给做门，安装玻璃。当他们帮忙安顿停当后，已是凌晨3点多了。郝牛娃向几位干部安排了第二天的抢险救灾工作后，才拖着沉重而疲惫的身子回到了家。

“郝书记，快，出事啦！”天刚亮，三组组长气喘吁吁地边跑边喊，唤醒了熟睡中的郝牛娃。他一骨碌爬起来，忙问：“出了啥事？”

“刚才玉芹的窑塌了，盖在崖背上的新房后墙也被拉下去了，压伤了玉芹，幸好孩子不要紧，已抱到我家。现在邻居们正刨土救人呢。”牛娃快速穿好衣服，拉着组长往出事地点跑去。

看到玉芹浑身是泥土，动弹不得，脸色发白，呻吟不止。郝牛娃像战场上的指挥官，一面安排人招呼好玉芹家里，一面叫车火速将玉芹送往镇卫生院检查。

经医生会诊，玉芹伤势严重，镇卫生院医疗条件有限，挂上吊针后，遂被转往县医院治疗。一到县医院，郝牛娃冲进病房，从病人重围中一把拉出他的初中同学、全县有名的骨科医生窦坤，求他救人。经过一系列检查后，玉芹被诊断为脊椎错位，骨盆粉碎性骨折，左侧一根肋骨折断，失血严重。在救治过程中，玉芹几次休克，十分危险。家人已泪流不止，乱了方寸。医生说，现在必须输2000毫升血，才能保住性命，再考虑治疗的问题。

去血库买血需要时间，怕延误救人时机。郝牛娃毅然伸出胳膊说：“医生，看我的血能用的话，就赶快给输吧！”

“郝书记，你是咱新兴村的顶梁柱，你可不能倒下去。再说，这些日子你常常‘连轴转’，身体消瘦了，如果再捐血……我看还是用我的！”组长动情地劝他，边说边挽衣袖，文书更是往前挤。他们争先恐后地献血，与伤者血型相同的都献了500 ~ 800毫升的血。

然而，由于伤势过重，院方尽管做了最大努力，还是不见效。当晚 10 点，决定转市医院治疗。他们又坐上救护车，护送转院。看到郝牛娃焦急的样子，医生告慰道：“由于输血及时，不会有生命危险。”

在市医院集中治疗的 1 个多月里，郝牛娃几次带人前去看望，并第二次献了血，挽救了这年仅 26 岁的生命。

回家疗养时，玉芹夫妇逢人就感激地说：“是郝书记救了我们一家，他真是新兴村的脊梁！”

（写于 2003 年 10 月 18 日）

苦十娘

十娘真名叫于兰，因其丈夫排行老十，她一生遭遇坎坷，所以乡亲们称她“苦十娘”。

说来，十娘还真够苦的。她不到一岁的时候，因家乡发生饥荒，年仅 28 岁的母亲离开人世。父亲挑着“河南担”，一头挑着她，一头挑着家当，一路乞讨，后在高店村找了孔旧窑洞安身。父女俩相依为命，父亲一个人把她拉扯大。16 岁时她已高 1.6 米，大大的眼睛，圆圆的脸蛋，黑黑的秀发，亭亭玉立，人见人夸，上门提亲的人不断。后经人介绍，她与本村一个孤儿南牛娃结了婚，父亲不久因肺病去世。从此，十娘小两口以务农为本，日出而耕，日落而宿，暑去寒来，年复一年。

“我说屋里人，咱结婚都十来年了，你还没怀上……”牛娃将他压在舌根底下多年的夫妻俩都敏感的话题，趁这阴雨天干不成农活时，在炕上边抽旱烟边试探地问了出来。

“也真是，都把我快急疯了，到底咋办呢？”十娘愁怅地叹息道。

“我看咱先抱养一个。”丈夫这意见，她也同意了。于是，他们夫妇抱养了甘肃某山区王二虎的次子，十娘给他起名叫丑民。

夫妻俩的日子本就不宽裕，这下更显得紧巴巴了。他俩因家贫未进过学校门，儿子同样读不起书，长期营养不良，加之山区水中富含碘等元素，丑民患了大关节病，左腿还瘸，15 岁了身高不到 1 米。丑民到 20 多岁的时侯仍没人提亲，两口子整天闷闷不乐，为儿愁妻。丑民的亲生父亲二虎三天两头来问，急不可耐。

“咱娃这身体，咱这家境，他恐怕这辈子见不上婆娘了！”牛娃辗转反侧，难以入睡，悲观而无奈地对妻子说。

“你就会说这话，光不停地唠叨，就不想个办法！”十娘埋怨道。

"这又不是担牛粪哩，有力气就能办到，骑骆驼撵兔——有力出不上！"

"哎，他大。"十娘压低嗓子，慢慢地对丈夫说："二虎的长子因车祸伤亡后，他抱养的那个女孩旦女也有十六七岁了，能不能说给丑民，既成全了两个娃，又了却了咱和二虎的心愿，你看咋样？"

"你说的倒是办法。"牛娃边搔头边说："那别人会不会笑话呢？再说二虎父女会不会同意呢？"

"那咱找个亲戚或熟人问问，看情况吧！"十娘他们夫妻直说到深夜。

真是无巧不成书。第二天，二虎带着旦女来看望他们。十娘一家子热情有加，端出核桃、柿饼，做了"煎汤面"。十娘向旦女问这问那，乐不可支。旦女虽然因水土问题，个子与丑民不相上下，可在甘肃还念了两年书，人又比丑民活泛，说话也很流利，很讨十娘、牛娃喜欢。旦女对丑民哥长哥短地叫着，很是亲热。父女待了四五天，始终没人开口提两娃婚事这事。还是十娘心直、胆大、口快，在他们离开时，送出门后，她把二虎往后拽了一下，偷着指了丑民和旦女一下说："老王，我看这两个娃……"她把两个食指一并，笑着看二虎的反应。

"我也有这个意思，你们托人说说看。"二虎边走边说，告辞这家人上路了。

经过媒人牵线，这门亲事一拍即合。第二年腊月二十六日，两个孩子结了婚。十娘好生喜欢，她见了人总是咧着嘴，眼睛眯成了一条线。

好景不长。当年 10 月，牛娃因患脑溢血，撒手人寰。

十娘悲痛不已，哭哑了嗓子，哭肿了眼睛。好在年底丑民得了一个女儿，虽说难产，在县医院做了剖腹产手术，花了 3000 多元，但毕竟添了一辈人，十娘一家子好像出现了晴天。他们视这小婴儿如宝贝，起名南静。十娘每天主管家务，哄哄孙女，享天伦之乐。但她毕竟才 50 岁出头，难免有点孤单。

一天，隔壁黑狗饭后无事过来闲谝，无意间说："十娘，你是一个孤苦，甘肃我二虎爷是个伶丁，我看这刚好呢！孙娃我给你俩当红娘，行不？哈哈！”

“这碎熊，坏死了！”十娘轻轻打了黑狗一拳，笑个不止。

黑狗一看十娘的高兴劲，料定这事十有八九会成，就边跳边喊道：“十娘的喜糖吃定了！”

热心的黑狗，翌日借赶甘肃那个地方的集市，就与同村一老者赴二虎家，说明了缘由。二虎一听喜滋滋的，满口应承，当下随黑狗来到黑狗家，黑狗叫了南家几个“拿事人”。说合好后，在街道上摆了几桌酒席，就算成事了。第二天，二虎带了丑民和南家几个人开了两辆四轮机子，把二虎的全部家产拉了来，大伙给放了几串鞭炮，张罗了一番，算两家联姻了。十娘受创伤的心得以愈合，日子似乎又有过头了。

随着时间的推移，十娘心头又滋生难言之苦。儿媳生南静时因人工助产手术，尔后十几年一直再未生育。尽管政府号召计划生育，左邻右舍也都说孩子多了负担重。她也觉得有理，可总想再要一个孙子，所以整天愁云满面。

不料，祸从天降。儿媳旦女在几十里以外的西山里种自家分包的山地时，与当地一位农民发生口角，闹到打架。当晚旦女就死在了被当地人送去救治的医院里。一位目击现场的小学生说那个男人打死了旦女，那男人说旦女喝了农药。尸身未经法医鉴定，就被埋了。十娘哭得死去活来，长夜难眠。她疼爱媳妇，舍不得媳妇呀！她整天就像祥林嫂念叨阿毛一样，逢人就说：“旦女死得里黑外不明，我十娘亏了啥人了，命怎么这么苦啊！”

这样，十娘一家三代只有4口人了，到20世纪90年代末还住在土窑洞中。全家人节衣缩食让南静读完了初中。南静15岁就跟着乡亲们外出打工，走南闯北。她在东莞一家电子厂，5年内就从普通的打工妹干到了工段长，月工资2000多元。她靠她自己的奋斗为家里建了一座四合院，瓷砖贴墙，门阔窗大，房子坐落在村中间，让82岁的爷爷、75岁的奶奶和50岁的父亲都住上了单间。

打工时，南静与本县太平乡赵家河的赵龙产生了感情，共坠爱河。

南静和赵龙结婚后，将赵龙的父母接到了南静家，担起了赡养5

位老人的重担。他们比翼双飞，共闯天下，以每月200元的工资雇了本村一位20多岁的少妇为几位老人做饭。老人们老有所养，安度晚年。乡亲们都说："十娘孙女是人才，女婿赵龙也不赖，男到女家树新风，女娃同样传宗代。"

乡政府将十娘家评为"十星级文明户"。十娘见人就乐哈哈地说："没料到我'苦十娘'老了后变成'甜十娘'了！"

（2003年11月10日晚写于底店乡即今水口镇底店村，发表在2004年11月的《咸阳人口报》上）

梨星

兴业文化水平低，务梨却在当地出了名，周围十里八乡的人都竖起大拇指称他是“梨星”。

说的真不假，兴业和妻子芳草潜心经营了10余年梨园，近年又对梨树进行了品种改良，实施新管理方法，采用新技术，使产量倍增，品质更佳。他们的梨园被列为市、县示范园，参观学习的人络绎不绝，大家都称赞有加。当兴业两口子每每看到挂满枝头黄澄澄、香喷喷的新一代彬州梨时，就像父母看着自己的孩子般开心，有时也忍不住掉下辛酸泪，多少往事一股脑儿涌上心头……

这夫妻俩是一对实干家，干活细致踏实，更能吃苦。20世纪80年代中期，全县大干快上，一时兴起“务梨热”。他俩商量：咱庄稼汉靠这黄土地吃饭，要在这上面寻门道，政府叫栽梨树没错！彬州梨名气这么大，即使以后梨务不成了，还有土地在嘛！在县委当秘书的弟弟更是全力支持他俩。于是，两口子当下就忙活开了。

他们冒着小雨，带着镢头、卷尺、线绳等，像建筑师盖楼放线那样，左瞄右看，画线、挖坑一丝不苟。村里外行人说：“嗳，兴业叔，咱老几辈人一镢头挖个坑，栽的树不也长成材了吗？！你把梨还能种成花！”“你别说，人家兴业叔这才叫科学作务哩！不懂就学呀，甭乱咋呼……”大伙你一言我一语地议论着。

他两口子好像什么也没听见，依然“我行我素”，行距定为5米，株距为4.5米，坑方1米多，底部挖软，表土与麦秸、杂草、牛粪等间层混合，栽上树后踏实，每坑一担水，再覆上薄膜，然后将栽好的几亩梨树统一向东南方向拉成七八十度，与行间形成30多度的夹角。整齐划一，真是一道风景线，既避免了西北风来袭，又抑制了果树极性，第二年就开花结果。

村北头的杨大爷站在路边翘起葱根颜色的白胡子，手一指夸道：“你看兴业这崽娃，把农活干得比婆娘家绣的花还好，我活了80多岁还没见过哩！”

其实，最辛苦、最劳神的还是他两口子学务梨技术。他们都是小学文化水平，看园艺学方面的专著如同看天书。每次遇见乡县果业干部、村务果能手，他们就像小学生请教老师那样，有问不完的问题，且打破砂锅问到底，常常问得人家都有点不耐烦了，他们依然陪上笑脸，力求多问几个问题。他们家离县城、街道远，在雨天就骑自行车，打着雨伞，去乡政府找技术人员或去外村走访务梨大户，在人家园子里一看就是大半天。凡是县上、乡上、村上举办的果树技术培训班，他俩是“常客”，从不缺课，是公认的好学员。文化低没办法记笔记，就在本子上画记号，随身带的小本子早都磨得没棱角了，他俩当宝贝一样揣在怀里，有空就看就揣摸。

“哎，娃他妈……”晚上坐在四合院里边歇息边拉开了话题：“你别看我整天东奔西跑，功夫没枉费。我把这梨树四季管理的要点快挖弄清咧！你听着，这春季嘛，主要是深翻、施肥、加浇水，喷施农药不可少；一到夏季，拉枝、定果、套好袋，防治病虫要记牢；秋季呢，摘叶、转果、除果袋，收完果子肥追好；到了冬季，深翻、涂白、加清园，整形修剪最重要。”

“哎呀，他大，你真行么！”

“别急，这才是大模样，每季每月还有具体细致的操作要求，说起来多得很，够麻烦的！”

“再麻烦咱都不怕，有你这土专家，咱没有翻不过的火焰山！”

“我成了专家，你就是当然的专家夫人了！哈哈！”

两人常饭后茶余闲谝，但在果园劳动时却像竞赛似的，争先恐后，谁也不示弱，四季忙个不停。寒冬腊月站在树上修剪，三伏酷夏钻在树下捋枝，像“游击队员”一样出没于果园。兴业常常忙活得忘了吃饭，芳草三番五次唤不回，时常早饭吃到中午。为这事，儿子、儿媳埋怨多多。

功夫不负苦心人。经过几年的学中干、干中学，他俩确实成了务梨的行家里手。苦心经营的几亩梨园，收入年年不菲，每亩年产5000多斤，斤均价都在1元以上。日子像脚登楼梯步步高，他们也给家里购置了时兴家具等。

这个“过日子人”，过日子有股狠劲。1993年全县二次果业创业的时候，他又栽了5亩彬州梨。此时，他的作务水平已能出门“顾事”，不但把自家梨务成精品，而且给亲戚邻居当顾问。隔壁晓霞家的2亩梨园，每逢管理的关键环节，就一声一个“兴业爷”地叫他帮忙。不管他多忙，她（们）都要把他拉到园子里问这问那当“教练”。村南头小狗家的梨园管理是幼儿园水平，兴业就手把手地帮助他们，使其掌握了梨树管理技术，靠梨过上了好光景。

一到黄坡村，看到齐刷刷的“工”字房，都说彬州梨富了一村人，都夸兴业是带头人！

近年来，梨市场出现波动，兴业却稳坐钓鱼台。“娃他妈，这市场是和咱较劲哩。”“你别怕，好梨总是不愁卖！”他信心满满。

他两口子对技术更加讲究，作务更加精细，每亩年收入都在6000元以上。特别是当一些梨农挖树毁园时，兴业一家很冷静，非但没有随波逐流，反而务梨劲头更足了。

“咱这彬州梨，自古名气大，毛主席和好多名人都吃过。它肯定是在多种梨中通过自然、人为选择而存留下来的。再说咱这里的土壤、气候特殊，产出的梨就是好吃，这样的名果不能倒在咱这代人手里！”

听，这就是一代普通梨农的情怀！

近年来，他俩重点考虑怎样使梨园永不衰败。最后两口子达成一致：不断优化品种。他们一下子将8亩梨园全部搞改造，用韩国水晶梨等取代了已退化的老酥梨，头年嫁接，次年挂果，每斤卖到近2元。越南果商看后赞不绝口，当即达成购销协议。由于此梨抗寒抗旱，又抗病虫，还结果早、产量高，有的人前来买接穗，有的人跑来学技术，县电视台的记者也前来采访。

“我爷这下成明星了！”一些孙辈开玩笑说。

“屁星，咱不就务个梨么！今后就看准这条路了！”他憨然一笑。

兴业在务梨致富的道路上一步一个脚印地往前走着，走得那样稳，那样快，那样好！

（写于2004年6月16日，以此文追念逝去的嫂子“芳草”并献给为发展彬州梨做出贡献的人们）

“朱罗济”

初春某日早晨，泾滨县工业办公室的会议室座无虚席，鸦雀无声。政府领导、公务员和工矿企业负责人共50多人，都带着笔记本和对新一年工作的关切，参加己丑年工业系统工作安排会。

快9点了，大家终于等来了边主任。主管业务的江副主任主持会议并宣布由边主任讲话后，只见大腹便便、一步三摇的边觉潦主任清了清嗓子，坐在麦克风前讲话了。

“同志们呐，今天，嗯，嗯……”他有意拉长语音，“我们召集大家开个会，传达县上经济工作会议精神，安排我们今年的工作。”这时他撇开秘书写的稿子，想发挥一下，也似乎要告诉大家什么消息。“我们是个工业大县，煤炭贮量大得很呀，县上领导讲全是朱罗济（侏罗纪）的‘功劳’。你看看，人家一个搞运输的小伙子能把这么多的煤搞起来，多大的气魄啊！这就符合我们发展大集团和集中经营的理念嘛！”

这时会场出现了掌声和喝彩声，并伴有笑声。边主任自以为他讲得很精彩引来掌声，更得意了，便喝了口茶，兴致更浓。

这时，会场里不少人便窃窃私语：“咱主任把运煤大王朱罗济与侏罗纪扯到一搭了。”

“别说了，主任和某领导关系很铁，人家年年是优秀领导干部呢！”台下有人交头接耳。

坐在一旁做记录的秘书小王急了，他盯着边主任看，想使个眼色让边主任纠正一下，又怕伤了边主任的面子，几次张开口却没吭声，只得低下了头。

“看样子你们对这个人很感兴趣嘛，我就从内心佩服人家小朱呀，同志们！”会场的嘈杂声、议论声更大了，边主任似乎不感到意外，以为大家鼓掌是对他讲话的拥赞，便随着大家边拍手边自豪地笑着。接着，他用居高临下的目光从左向右，又从右向左扫视了一番会场，继续讲起来……

晚上，边主任回到家里，会上那得意劲还萦绕心头，睡下后先吻了一下老婆。

“今天又是领导表扬你了吧，看把你高兴的！”老婆斜视了他一下说道。

“不是。今天我们机关开会的气氛相当热烈，大家的掌声简直让我陶醉呀！老婆你猜我讲了啥？”

“你能讲个啥，还不是照着秘书写的稿子念呗！老吃别人嚼过的馍！”老婆蔑视地说道。

“讲到朱罗济煤时，我说人家姓朱的搞了那么多煤，简直大气魄、大肚量。我的话语惊四座，大家长时间为我鼓掌呢！”他很神气地在老婆面前夸耀自己。

“唉！你丢人不知深浅，那是单人边侏，世纪的纪，叫‘侏——罗——纪’，是一个地质年代的称谓！”她有意把那3个字读得很重，顿得很开。

“领导说的岂能有错，人家说得清楚是朱罗济煤嘛？！我讲到这里时大家还喝彩呢！”边主任不以为然。

“人家是喝倒彩呢！你就不懂侏罗纪这个概念，更不知道咱这里的煤大多是侏罗纪这个地质年代形成的！”老婆提醒他。

“不管朱罗济也好，侏罗纪也罢，不都是个名称而已吗！你个中专毕业的还在我这个本科文凭面前显摆啥呢！？”他不服气地说。

“你闲收（函授）了个所谓的管理学本科文凭，见过大学课程吗？你光走门子，巴结领导比我强。我这个科员虽小，但靠的是真才实学吃饭！”沉甸甸的语言，好似一盆冷水泼向了边主任。他片刻无语，若有所思，后又自言自语：“是朱罗济？还是……？反正我是单位一把手，我不能在知识性问题上丢人，也许我说的是对的，反正要坚持……”

翌日，上班后边主任叫来了秘书小王。

“小王呀，要好好学习！你看我昨天的讲话，大家反响多热烈！”王秘书站在一旁，毕恭毕敬地听着边主任的教诲。

“边主任，那是侏……”小王试图纠正一下，边说边瞅着边主任的表情，见边主任趾高气扬的样子，欲言又止了。

不久，又一次召开全系统领导干部、公务员大会，边主任在会上又振振有词地说：“同志们呐，一定要虚心学习政治理论和科技文化，贯彻科学发展观必须懂得科技知识，不然会掉队的，市场经济是要科技支撑的，同志们可要努力呀！”

台下依然是一片鼓掌声和喝彩声！

（2009年3月9日定稿，发表在《彬县文化》2009年第7期上）

第 / 三 / 辑　杂文

李世民的“并省”“裁员”

唐太宗李世民登基以后，对当时臃肿的官僚机构进行了大刀阔斧的改革，他对宰相房玄龄说：“官在得人，不在员多。”唐贞观初年，在唐太宗的主持下，中央机构各部门进行了大规模的“并省”“裁员”，全朝文武官员减少到643名，这对当时拥有1500万人口的封建帝国来说，是够精简的了。

唐太宗认为，“得人”“用人”是“为政之本”“至治之要”。他坚持用人唯贤、少而精要的原则，选拔官员，不管出身，不论地位，“必以求善则贤”。据史料记载，唐太宗李世民把全国各地官员的姓名书写在宫内屏风上，以备考察，坐卧观之，得其在官善恶之迹，随时记在名下，作为提拔或贬降的依据。在贞观朝著名的文武官员中，有寒门出身的魏徵、马周、刘洎、李义府、张玄素等人，也有一些少数民族官员。

为了防止官员冗滥，唐太宗李世民制定了《职官令》《考法》《贞观律》等，对各级政府机构中官员的设置、职责范围、奖惩考核等都做出了明确规定，并颁布实施。这些法规制度，保证了当时各项条文政策的实施，提高了工作效率。

（写于1988年1月22日，1988年2月24日《咸阳日报》、1998年3月19日《陕西日报》摘要发表）

唐代严厉制裁贪官

唐代法规森严，刑酷令严，特别是对贪官污吏的制裁更为严厉。

据《唐大诏令集》记载，即使时逢大赦，贪官也不能得到赦免。唐代对贪官不仅在大赦时从严控制，刑律上的规定也很严。《唐律疏义》“职制”第四十九条就规定，诸监临、主司（承办案件）受财而枉法，如果接受一尺布的贿赂，处杖刑一百；数量达到一匹，量刑加一等；受贿布匹达到十五匹，即处以绞刑。第五十一条规定，官员到某地巡察理事，收受该地贿赂的，治罪与第四十九条同；收受途经地方贿赂的，量刑时减等。对“纠弹”之官（负责监察官员的御史等官）受贿，要求更严，即使不是收受当地人贿赂，也不得减等治罪。

（1989年5月30日《陕西日报》摘要发表）

谈志书的质量

一部好的志书，必须有较高的编纂质量。志书的质量对其存在价值、资治作用等产生着举足轻重的影响。那么，怎样看待志书的质量？如何在编纂过程中保证志书的质量呢？结合近几年的修志实践，我谈一些自己的粗浅认识。

怎样看待志书的质量

新编志书的质量，我认为应从以下几方面来考量：一要具有鲜明的思想性。新编志书应以马列主义、毛泽东思想为指导，坚持四项基本原则，坚持辩证唯物主义和历史唯物主义的基本原理，为社会主义物质文明和精神文明建设服务。要观点正确，内容健康，旗帜鲜明，立场坚定，政治上同党中央保持高度一致。如教育类专志，通过本地区不同时期教育事业的发展变化，能有效地对广大教职员工特别是青少年学生进行爱国主义和革命传统教育。二要具有高度的科学性。一部志书纵贯古今、包罗万象，宏观微观皆备，囊括了方方面面，编纂时要实事求是，存真求实，符合科学，符合自然规律，反映当时最新成就和最新成果。三要具有可靠的资料性。资料可以说是志书的生命所在，资料要求齐全、真实、准确、可靠，横不缺项，纵不断线，价值较高，作用明显。四要具有突出的地方性。修志者要处理好共性与个性的关系，以全国为背景，立足当地或本部门，既要反映时代风貌，更应突出行业、地方特色。对本地区、本部门的特殊矛盾进行深入研究，防止浮泛、千书一面，切忌盲目照抄其他篇目。应按本地实际情况设置篇目，体现地方特色。五要具有丰富的知识性。从体例、文体等方面严格审定，认真对待。做到体例完整，布局得当，篇章合理，层次清晰，文字简明，逻辑通顺，可读性佳，可藏性强，能给人以理论上的提高和知识上的启迪。

怎样保证志书的质量

要保证志书的质量，就要把好修志过程中的每道关，从严要求，认真对待，一丝不苟。具体工作中，要把握以下重点：

首先，选定得力能干的主编。正如胡耀邦同志 1984 年 8 月 24 日谈修志工作时指出的“确要有一个敢抓敢闯的人牵头”。志书的质量如何，在很大程度上取决于主编的水平。在修志初组建班子时，就要确定一个政治上成熟，认识上明确，工作上创新，水平上过硬，事业心强，勇于吃苦，敢于开拓的人牵头。同搞改革大业一样，要编好志书，不仅需要一大批既有一定业务水平、文史知识和写作能力的优秀人才，还需要一大批有创新精神、能开创局面且热爱修志工作的优秀人才。修志人员水平的高低，直接关系到志书的质量。从咸阳市各县教育志的编纂情况看，从彬县各专业志的编纂情况看，有些志书配备的人员并不多，但人选得准，工作得力，进展就快，质量就好，能很快出成果。反之，欲速则不达。

其次，制定切实可行的篇目。修志工作一开始，就得先搞好总体设计，拟制全志篇目，以便分工协作，避免重复劳动。作为志书的蓝图，篇目要囊括资料，突出主体，归属得当，排列有序，有利编写，便于查阅。篇目的纵横关系，是制定过程中首先遇到的问题。纵，是按时间顺序记述，指分期；横，是按事物性质分类记述，指分类。我从实践中体会到：志书以横排纵写为宜。横分门类，如《彬县教育志》，横列彬县的普通教育、职业教育、特殊教育和成人教育，按照“事以类从”“类为一目”的原则，按事物性质划分成章、节、目 3 个层次，使章与章、节与节、目与目之间呈横向并列关系，各自记述某一类事物，无统属关系。这样，可让入志诸事归属得当，纲举目张。然后以历史为纵线，纵向记述，由古写至今，使所载诸事连贯古今，具见始末。这样划分，门类清楚，有条有理，纵横分明，交错得当，避免了内容的遗漏和重复，也符合方志学原理。各个专志的第一个层次都可以横分类，至于横分到哪一层次则应因志因事而异，宜横则横，宜纵则纵，但不宜把一部专志划分成三大段或两大段。纵分时，不宜套用各种历史分期方法，应按事物特有的发展阶段分期连贯记述。至于篇目标题，应准确地揭示所统括的主要内容，不宜用状语、评语，力求简短、鲜明。篇目应按事物的内在逻辑、因果关系和发展过程进行科学排列，力求环环相扣，层层相连。现在往往一开始，编志人员对志书从理论和实践上都处于盲目状态，这就需要钻研方志学理论，熟悉本地情况，驾驭修志理论。我和我的同事们在撰修《彬县教育志》时，因在省内最早起步，所以制定篇目时，经历了由简单到复杂、由片面到合理、由粗到细的探索研讨过程，多次反复，数易其稿，花费了很多精力和时间，并通过多次座谈多方征求意见，才一次比一次完善，一次比一次成熟。《彬县教育志》是在我们基本满意后才定稿，在全省率先成书。

再次，广泛挖掘搜集资料。资料是修志的基础，资料的有无、多少、正误、真伪是决定志书质量的重要条件，因而搜集资料工作是修志工作的基础和关键。搜集资料时，一是注意其地域性，只要是自己所修志书记载的地域范围内的有关资料，都应搜集；二是注意其可用性，从浩如烟海的案卷、史料中，要选择性地收集与本志有关、可用的资料，避免不必要的劳动；三是注意资料的全面性，凡志书所需要的资料都应搜集，内容要广博，应“巨细兼收，宁多勿漏”，但应防止主观臆断，滥加取舍。在资料种类上，愈全愈好；在观点资料上，诸种观点应兼收，为以后核实鉴别留有余地；无论是共性的资料，还是个性的资料都要搜集，不能任意舍弃或减略。因为去粗取精、去伪存真是在占有大量资料基础上才能办到的，而不是在搜集资料过程中，更不是在搜集资料之初。因此，搜集资料时要注意挖掘潜力、四面出击，多渠道、多方面收集。我们搜集的资料有文字记载的，如档案资料、报刊资料、旧志史书上丰富的历史资料和私人著述资料等，还有调查访问的资料，如口碑记录、民间传说和实地考察所记等。应该注意的是，作为方志工作者，要重视抢“活资料”。例如在我们得知彬县两位老教师了解民国时期的捐资助学情况和彬县中学原校长王纪芬的有关情况后，便立即造访他们并向其了解情况，将之记录，保留了珍贵的第一手资料。取得大量资料后，就要编号登记，建卡归类，进行整理鉴别，做好筛选和考证工作，使每项资料都具有较大的实用价值，能够反映事物的主流、全貌及内在规律，能够说明历史进程、人物属性，反映历史与现状。

第四，认真反复审查、修改。任何志书的脱稿，只不过完成了全部工作量的一半，另一半就是审稿，就是反复地加工修改，使之臻于完善。这一半工作，必须下功夫，花气力，认认真真地去做。古人说得好，修改文章如“扫落叶”。何况一部志书，其中岂无“落叶”，又岂能一次扫净，总得多扫几次。“好句时时改”。修改时要着手于端正观点，考订史实和完善体例，有偏必纠，有错必改，冗滥必删，漏缺必补，存真求实，以为当今及后世留下珍贵而又可靠的资料。要反复修改，逐章、逐节、逐句、逐字修改，力求文字简练、流畅、统一、规范，富于表现力，增强阅读性。志稿的审查修订，是决定志书质量的关键所在，工作十分繁重，难度相当大，非智能之士不能胜任，非集思广益不能臻于完善，非下决心与认真从事不能竟其全功。《彬县教育志》1987年就脱稿，但我们没有满足，没有停步，三易其稿，反复修改，广泛征求意见，多次召开座谈会审查，但我仍不大满意，去年还在继续修订、补充，努力提高其质量，以对历史负责，对彬县教育负责。

“地方有志，犹国之有史。可载风土习尚之沿革，人闻政事之消长。俾前尘得有所纪，后世资认供鉴。察往励来，见微知著。明乎兴废之理，知所策勉之道，其由来尚矣。”这是中华民国时期翻印的清代《邠州志》序言中的几句话，为当时彬县专区专员赵寓心所写，从中即可看出志书的重要作用。因此，只有保证了志书的质量，讲求志书的质量，才能使其具有应有的作用和价值，才能真正惠及当代、有益后世。

（此文是笔者1989年8月10日在陕西省教育厅召开的修志工作研讨会上的发言整理）

部分农民为何难致富

在党的富民政策引导下，在改革开放的浪潮中，一部分农民靠科技、靠勤劳致富，但还有不少农民富不起来，是何原因?

下乡时我做了调查，归纳起来有10种原因：一是思想不解放。有致富能力，没创业胆量，不敢大胆去干，唯恐政策变化。二是视野不开阔。整天待在村里或家中，信息较闭塞，不能走出去。三是科技懂得少。造成了经营能力差，跟别人干还可以，自己独干就不行。四是无特长。缺乏技术，除种好责任田外，一半时间没事干，收入很有限，且常常是挣一元花一元，难有积蓄。五是耕作手段守旧。对传统的耕作方式抱住不放，对科学种田兴趣不大，对优良品种有时难以接受。六是投资不到位。只知道将钱攒起来盖房子，不懂得扩大再生产。七是不会做生意。只靠卖粮和超产粮挣点钱，没有利用农产品的转化、加工等来挣钱。八是眼高手低。小钱看不上，大钱挣不来，认为搞多种经营收入少，大宗致富项目又不会搞、不敢搞。九是家庭不和睦。整天吵吵闹闹，不是妻子懒就是丈夫惰，一个人也没有心思搞好家庭副业和农业生产。十是身体有伤残。失去劳动能力或因残读书少，就更缺乏致富能力。

（写于1989年12月20日，发表在1990年1月3日的《陕西科技报》上）

爱国与懂史

翻开中国历史，大凡爱国志士或民族英烈不但热爱自己的国家或民族，而且熟知自己国家或民族的历史。爱国首先必须知国，知国就要懂史。不了解中国历史特别是近代史，就不能正确认识中国的今天，更谈不到热爱自己的祖国。所以，只有懂史，才能爱国。

马克思曾经说过，“耻辱本身已经是一种革命”“耻辱是一种内向的愤怒”。南宋名将岳飞曾为“靖康耻，犹未雪”而“怒发冲冠”，爱国诗人辛弃疾有过“臣子思酬国耻……此心未尝一日忘”的忧思。我国近代史上一些杰出人物，更是怀着国家、民族的深仇大恨，为雪耻救国而献身革命。李大钊“自束发受书即矢志努力于民族解放事业”，他怀着民族耻辱、祖国危殆的强烈爱国主义情感泣血陈词，号召青年发扬卧薪尝胆的精神，赴国难，雪国耻，发奋图强，再造神州。这才是真正的“民族魂”，也是当年无数革命前辈共同的心声。

但是，当下一些青年对自己的祖先不甚了解，更不知“国耻”为何物！他们不知道祖国是怎样从昨天的屈辱、劫难中挣扎过来，带着千疮百孔艰难地走到了今天，他们缺乏老一辈革命家与祖国共忧患的真挚感情。

列宁讲过：“忘记过去就意味着背叛。”《第三帝国的兴亡》开篇有一段话：“凡是忘掉过去的人注定要重蹈复辙。”广大青少年急需补上历史这一课，不仅要了解秦皇汉武等历史人物，也要知道“文景之治”“贞观之治”，以及四大发明等，更要重温鸦片战争、甲午战争等。明白了祖国昨天是什么样子，就会知道我们今天为何还较落后，从而催人奋发、不甘落后；明白了我们祖国在历史上有过四大发明、灿烂的文化艺术，就可以激起青少年为祖国重振雄风和繁荣昌盛而拼搏的雄心壮志。

（写于1990年2月8日，发表在1990年2月21日的《陕西日报》上）

从《罗帅劝妻》想到的

工作之暇，我除了伏案疾书，就是翻阅书刊。前几天，突然看到杂志上一篇《罗帅劝妻》的文章，引起我无限遐想，感慨颇多。

跟随丈夫罗荣桓南征北战出生入死，“一直处于紧张的战斗环境”的林月琴，1947 年到达东北后，组织上考虑到她长征时期担任过妇女工兵营长，抗战初期做过妇女工作，之后又在机关担任过较长时间的协理员，打算叫她担任组织部副部长。罗荣桓同志知道这个消息后，经过反复考虑，郑重地劝林月琴，说：“我看你就不要去当什么副部长啦，有件工作你倒应该去做。现在各机关、各兵团留守处都有许多娃娃没有地方上学，你可以去办一个子弟学校。这个工作关系到培养革命后代的问题，是很重要的事。要当长就当这个子弟学校的校长吧！”他们没有职位高低的想法，只有工作需要的考虑。林月琴听从劝说，不负夫望，立即东奔西走，找房子、请教员、置桌凳，一所子弟学校很快办起来了，解除了官兵的后顾之忧。

战功卓著的罗帅为何不叫妻子做官高位显的工作，反而让她当“娃娃王”呢？这就是一个无产阶级革命家对待个人利益和革命利益的态度，是一位元帅大公无私、为国为民的高风亮节和道德情操，值得今人深思和学习。

时下，总有一些人沽名钓誉，利欲熏心，只求虚名，不干实事。有些人想保住“乌纱帽”搞小动作，有些人“不吃凉粉又不让凳子”，还有些人嫉才妒能，与罗帅夫妇的崇高品德相比，何等渺小！真正的共产党人，时时事事想到的都是革命利益，考虑的是人民疾苦，“先天下之忧而忧，后天下之乐而乐”，他们的高尚品质为世人称道，给后人启迪。

清代大书法家、诗人郑板桥劝弟：“读书做官乃是小事，重要的是要明理做好人。”毛主席作为中华人民共和国的领袖，把自己学成归来的爱子送到了血与火的朝鲜战场上。雷锋心甘情愿做革命的螺丝钉，忠实地为人民服务。1990年有一期《人民日报》头版登载，陕西省省长侯宗宾让妻子抓药至退休，叫弟弟当临时工，对女儿“走后门”当兵亮“红灯”，儿子半年找不到工作。当时咸阳一位县委书记的妻子还是临时工……

当然，领导工作总要人来做，也是革命工作的一部分，应该是党叫干什么就干什么，哪里需要就到哪里去。我以为，人生在世要多做实事，时刻为群众着想，提高自身修养，始终坚持“为人民服务”这个根本宗旨，把党的事业的需要放在首位。倘若罗帅当年不劝妻办学，她当副部长也顺情合理，无可非议。可当他看到革命后代没法上学、教育后代更要紧时，就毅然决然地叫妻子办学兴校，干这个被一些人瞧不起的“娃娃王”的工作。这全然是从人民利益出发，从大局考虑。

那些急功近利、一切为己的人，应该矫正已经扭曲的心态，审视自己的人生观和价值观看老一辈革命家怎样处理家庭和工作中的事情，看雷锋怎样做人。

（写于1990年3月14日）

古彬在崛起

蜿蜒泾河水，苍莽紫微山。这里物华天宝，人杰地灵。

这里是周族的诞生之地，是丝绸古道上的重镇，是中国农业的发祥地之一，也是为中华人民共和国的诞生做出巨大牺牲和贡献的革命老区。这里的先哲们，创造了灿烂的文化。

悠悠文明史，漫漫发展路。千年古彬州，当惊改革殊。今日彬县，以崭新的风姿，雄居咸阳的北大门；以粮、烟、果、薯为支柱的农业，蒸蒸日上；以煤、电、加工工业为主的工业，日新日异；以旅游为龙头的第三产业，迅速崛起。20 世纪 90 年代，全县工农业总产值比 20 世纪 80 年代初增长 5 倍，财政收入和农民人均纯收入的增长幅度更大，工业生产效益、精神文明建设等均进入咸阳市先进行列。今天的彬县令世人刮目相看。

全县共辖 3 镇 17 乡（今 1 个街道办 8 个镇），325 个村民委员会，6 万农户，29 万（今约 37 万）居民。县土面积 1183 平方千米（今 1202 平方千米）。泾河自西北向东南将县域切割成南北两塬、一道川的地貌，东南原是蓊蔚郁葱的林牧区，西庙头林海茫茫，绿荫满目，侍郎湖碧波荡漾，湖光山色引人入胜；泾河川道，土壤肥沃，是彬县的果品基地；泾河以北塬区，地大坳平，宽阔平展，是种粮栽烟务果的最佳区域。

果实累累，流水潺潺，田园牧歌，令人心醉。这里的人们大概没想到，他们世代安居乐业的这块风水宝地亦是一个“天然聚宝盆”！勘探发现，全县地下普遍有煤，储量大，质量优，煤层多，埋藏浅，易于开采，便于装运，是陕西“渭北黑腰带”的一部分。

这里文物荟萃，古迹众多。唐初建造的彬县大佛寺，是国家重点文物保护单位。它依山傍水，凿岩为室，雕石为像，架木为楼，气势磅礴。

石窟中高20米的大佛，浓眉大眼，面态丰腴，端庄慈祥，保护完好，为陕西第一大佛，有“关中第一奇观”之称，法国客人赞美它“堪与巴黎圣母院媲美”。我们敬爱的周总理同邓颖超、任弼时、蔡畅等老一辈革命家，1940年参观了大佛寺，周总理当时说：“只有了解祖国文化，才能热爱祖国。”

沿着西兰公路，映入你眼帘的花果山、水帘洞、彬塔、石龙窝等，使你一饱眼福，流连忘返。

就在这块热土上，周代先祖公刘建国立业，唐太宗李世民兴佛建寺，李白、杜甫、于右任等留下了诸多与此地有关的诗篇，彭德怀、习仲勋等革命先辈筹划战事……

今天的龙高土陵一带，就是当年豳国的核心所在。周人当时垦荒务农、种豆、兴税治水，艰苦创业。今天彬县人，叫扁豆为“彬豆”就是例证。

公刘就安睡在这势如蟠龙、山环水绕的富庶之地，注视着彬地的发展和人世沧桑。

就连我国农业始祖后稷之母姜嫄、前秦世祖苻坚、五代后周卫王冯晖等也安息在这里。

面对大自然赐予的丰富资源和先祖留下的宝贵遗产，彬县的决策者们倍加珍惜。他们运筹帷幄，科学决策，勇于创新，开拓进取，经过反复调查，周密思考，充分讨论，制定了一系列发展彬县经济的规划和政策。特别是20世纪90年代，面对新的发展机遇，全县人民想大的、干实的、看远的，一步一个脚印地实施着本县的远景规划，将资源优势转化为经济优势，用勤劳的双手创造着一个更加光辉灿烂的明天。

1992年，彬县虽遭严重自然灾害，农业依然取得丰收。农业总产值达2.6亿元，比上年增长12.8%。农业基础不断加强，农村经济全面发展，是陕西省政府确定的粮食生产基地县。

被称为彬县五大支柱产业之一的烤烟，已有20年种植历史。彬县是陕西省烤烟生产基地，已从昔日的零星栽植发展到集中连片的规模经营。1991年烤烟种植面积达到6万多亩，年产20万担，连续5

年被陕西省、咸阳市评为先进县。以务烟出名的北极塬上的西坡乡（今北极镇），是国家、省、市、县确定的优质外贸烟生产基地，这里年种烟近万亩，户均2亩以上。1991年外贸烟叶创汇80多万元，仅此一项人均收入210元。全县涌现出不少“烤烟乡”“烤烟村”“烤烟户”，永乐乡（今永乐镇）的王村、曹家店乡（今新民镇）的水峪村等村组和农户，依靠烤烟告别贫困！与其配套的咸阳卷烟厂和彬县咀棒厂、纸箱厂、印刷厂、水松纸生产线等，迅速发展起来。

彬县最出名的是彬州梨和大觐枣。久负盛名的彬州梨，色黄形美，甜酥汁浓，皮薄无渣，堪称佳品，颇受海内外客人青睐。全县共载培2.5万多亩，年产440万斤。这里的大觐枣，颜色鲜艳，外形美观，个大核小，香甜可口，《彬州志》上说它是“晋上之物”！唐太宗李世民为母庆寿时，寿宴上就摆放着此枣。它主植于泾河川道，全县有4500多亩，年产90多万斤，每当收获季节，客商如云，争相抢购。

这里的苹果生产，近年来种植面积扩大，所产苹果质量得到了提高。面积达到8万多亩，年产近2000万斤。经省、市验收，已经达到苹果生产基地县标准。城关、新堡子等乡镇（今城关街道、太峪镇等）的苹果生产，向着规范化、优质化的方向发展。

彬县的柿子，更是广布山野，红遍万山，共有2.1万亩，年产480多万斤。被誉为“柿子村”的罗店村、万人村，每户每年收入都近千元。每到秋末冬初，漫山遍野，红柿挂枝，好一派田园风光！

果品生产促进了食品加工业的发展，彬县已建起饮料厂、食品加工厂和一批地下果库。

一看彬县的黄土沟壑地貌，就会想到这里丰美的牧草，茂密的林木。是的，正是这人工牧场和天然草地，促进了全县畜牧业的发展，并使彬县成为全国商品牛生产基地县。1992年，大家畜和猪羊存栏数近10万头，家兔等家禽达30多万只。伴随着畜牧业的发展，彬县冷冻厂、皮毛厂、木器加工厂等应运而生，效益可观。

今天的彬县，以开采业、建材业为龙头的乡镇企业，如雨后春笋般发展起来，1992年产值首次突破亿元大关，撑起了彬县农村经济的“半壁河山”。今城关街道办、新民镇，靠乡镇企业推动了经济发展，农民富裕了起来。近些年，全县出现了乡（今镇）办、村办、联办、户办“多轮驱动”，个体、私营、股份合作制“多轨运行”，到处呈现出万马奔腾的局面。

这里的工业生产形势喜人。近年来，彬县把优化传统产业与开发新兴产业结合、把调整结构与发展创新结合、把技术改造与练好“内功”结合、把增加投入与挖潜提效结合，全县工业生产保持了年均13.5%的增长速度，以煤电为龙头、以建材加工为主体的工业格局基本形成，特别是能源建材工业有了突破性的发展前景看好！

县、乡（今镇）已办起中小煤矿9个，年产原煤120多万吨，每天源源不断地运往省内外。拥有2500名职工的彬县百子沟煤矿，年产原煤50万吨，特别是近年进行了全面技术改造，4号、5号井引进了先进的缓倾斜滑移支架放顶煤采煤法，大大提高了劳动生产率。1992年实现工业总产值4000万元，实现利税500多万元，成为省级先进企业。下沟煤矿是彬县经济上台阶的三大在建项目之一，设计年生产能力45万吨，1995年投产。

彬县已将巨大的煤炭、水力资源转化为可观的电力资源，总装机容量达3.5万多千瓦。继彬县火电厂、枣渠水电站、彬县实验电站投产发电后，实现经济上台阶的骨干项目之一的朱家湾2.4万千瓦的火电厂，一期工程已竣工开始发电，二期工程即将完成。正在施工中的程家川7500千瓦水电站，1995年建成发电。彬县已被国务院确定为全国第二批农村电气化试点县。

这里的咸阳第三制药厂、彬县化工厂、彬县煤炭机城修造厂等企业的产品，填补了国家和省内空白，工业生产效益名列全市前茅。改革开放以来，市场发展较快，1993年初基本形成了以县城为中心、乡镇为依托，布局合理、协调发展的市场网络。

彬县的发展是全方位的。随着人们温饱问题得到基本解决，农村基础设施建设也不断改善。1992年全县拥有农业机械总动力2.7万千瓦，排灌动力机械1900瓦，农村用电量达到2000多万度。70%以上的农民告别了昔日破烂不堪的土窑洞，住进了宽敞明亮的砖瓦房；大部分农户结束了“吃水贵如油”的历史，用上了干净卫生的自来水；

全县人不再被泥泞路所困扰，踏上了平直宽阔的柏油路，好多乡村道路实现了砂石化。特别是火石咀大桥，飞架南北，天堑变通途。绝大多数村庄通了电，用上了家用电器。自动电话已进入寻常百姓家，一条银线沟通了彬地与海内外的联系。

这里的人民，靠科技兴农，靠科学致富。以新民塬的小章乡（今新民镇）为例，省农校在这里实验的“地膜玉米”“双膜西瓜”、烤烟“双弓双膜”育苗等已从实验基地向大田推广，新、精、尖农业科技从这里向四面辐射。如今的彬县已从传统农业走向科技农业，科学技术在这里转变为强大的生产力。

彬县的教育事业也在蓬勃发展。全县各类学校380所，在校学生4万余人，居北五县之首。特别是依靠老区扶贫资金和自己力量兴办的两所高级职业中学，已培养1300多名初级专业人才，在经济建设中贡献了自己的力量。

全县的医疗卫生条件大为改观。大骨节、克山病等地方病和一些传染病，已得到有效的遏制。彬县建起了县、乡（今为镇）、村三级医疗网络，各级医疗院所达30多个，专业卫生技术人员480多人。

随着人民生活水平的提高，广播电视事业发展较快。彬县人民广播电台和彬县电视台，每天准时播放本县新闻节目和重大活动。百姓不出门，便知天下事。

今天偌大的彬县城，高楼林立，山环水绕，景色秀美，万象更新，令文人墨客为之倾倒或赞叹不已。正像近代政治家、思想家、大诗人谭嗣同所吟：“棠梨树下鸟呼风，桃李溪边白复红。一百里间春似海，孤城掩映万花中。”

然而，朴实奋进的彬县人民，行百里者半九十，合着时代的节拍，坚持党的基本路线，继续深化改革，不断扩大开放，开发当地资源，强农重工兴商，突出发展煤电烟果产业和乡镇企业，加快发展高产优质高效农业，以及地方工业、第三产业，坚持高起点、大跨度、跳跃式、超常规发展，争取提前实现国民经济的第二个翻番。

千年古彬地，万马战犹酣。彬县县委、县政府正在带领全县人民继往开来，拼搏进取。我们相信，这里的未来不是梦，彬县的明天更美好！

（写于1993年4月，为5月和9月拍摄的纪录片《古彬在崛起》写的解说词。该纪录片1994年1月19日12点30分至13点在中央电视台二套节目播出，随后在陕西电视台播出）

乡镇干部怎样讲政治

乡镇干部处在农村第一线，是农村改革与发展的中坚力量，他们既是党的各项方针政策在农村的宣传者，也是农村改革与发展的组织者、实施者。因此，对于他们来说，应该抓好自身政治理论学习，加强对广大农民群众的政治思想教育和引导，并注意从政治上认识及处理好农民问题。

一、乡镇干部讲政治，首先要抓好自身政治理论学习。实践证明，乡镇干部只有善于学习，具备一定的政治理论水平，保持清醒的政治头脑，才能自觉地按照中国特色社会主义理论，坚持正确的政治方向和政治立场，提高政治鉴别力和政治敏锐性，在思想上、行动上同党中央保持高度一致。

但是，乡镇工作千头万绪，怎样学？依笔者之见：一是见缝插针自觉学。鲁迅讲过，时间像海绵里的水，只要愿挤总会有的。乡镇干部虽然“眼睛一睁，忙到熄灯”，但只要愿学好学，还是可以挤出时间的，可利用饭前饭后、晚上休息前后、下乡工作之暇看书学习。二是纲举目张重点学。对于乡镇干部来说，要学的内容确实很多，但建设中国特色社会主义理论、《中国共产党党章》及党在农村的各项方针政策和农业科技知识应是重中之重。学好这些理论，对于加强农村基层党组织建设，推动农村改革和全面进步，具有十分重要的意义。三是以身作则带头学。乡镇领导干部是当地各项工作的指挥者、统领者，喊破嗓子不如做出样子，学习也是如此。乡镇领导一定要先学一点，多学一点、带头做笔记、写体会，有条件的还可给乡村干部辅导，真正掌握建设中国特色社会主义理论的精神实质。四是联系实际深入学。要理论联系实际，学以致用，学用结合，紧密联系本地区改革开放、经济建设、党的建设、农村奔小康和干部群众的思想实际，把学理论与学习模范人物的事迹结合，与班子的思想作风建设结合，增强解决实际问题的能力。

二、乡镇干部讲政治，一定要加强对农民的教育引导。乡镇干部在不断提高自身政治素质的同时，要注意加强对广大农民群众的教育引导。对农民群众，不但要在经济发展上给予关心帮助，更要在思想政治上加强教育引导。毛泽东同志曾告诫我们："严重的问题是教育农民。"教育农民始终是社会主义时期不可忽视的一项重要任务，是广大乡镇干部尤其是乡镇领导干部责无旁贷的政治使命。在当前国内国际形势下，面临改革、发展的时局，做好教育农民的工作，是搞好农业、农民和农村工作的前提，是农村经济和社会发展中一项亟待加强的工作，也是乡镇干部在实际工作中讲政治的体现。为此，必须切实加强对广大农民群众的爱国主义、集体主义和社会主义教育，加强遵纪守法、移风易俗、勤劳致富教育以及改造自己世界观、人生观和价值观的教育，帮助农民提高辨别是非、识别美丑、鉴别好坏的能力，帮助农民提高思想政治觉悟，增强爱国观念和集体主义观念，依靠诚实劳动走共同富裕的道路。引导他们破除封建迷信，克服社会陋习，建立健康、文明、向上的生活方式和生活习惯。开展创建"十星级文明户"、评选"五好家庭"和"文明村"等形式多样的活动，把农民教育工作提高到一个新的水平。

三、乡镇干部讲政治，必须从政治上认识和处理农民问题。在这个问题上，做到以下几点很重要：一是要从政治高度认识农民问题的重要性。我国的基本国情决定了农民是农业生产的主体，农业问题实质上是农民问题，农村工作说到底是要做好农民的工作。作为乡镇党委、政府，要率领广大农民群众致富奔小康，要推动农村经济持续、稳定、健康发展，就必须高度重视农民问题，最大限度地调动和发挥广大农民群众投身农村改革发展、建设社会主义新农村的积极性和创造性。实践证明，农民稳则农村稳，农村稳则全局稳。无论在民主革命时期，还是在社会主义建设时期，农民都是我们党的依靠力量。任何时候，离开农民群众的理解和拥护，我们都将一事无成。二是要从政治上、经济上关心、爱护农民。乡镇干部从政治上、经济上关心、爱护农民，首先必须高度重视全面实现小康这一关系农民切身利益、带有政治经济意义的重要问题，要帮助农民寻求脱贫的项目，选准致富的路子，并带领他们开拓进取，一步一个脚印地向小康目标迈进。其次要倾听农民呼声，体察农民疾苦，注意解决那些农民反映强烈与农民利益息息相关的“热点”“难点”问题。再次要在政治上尊重农民的民主权利，让农民更多地参与农村事务管理、财务管理等。三是要树立乡镇党委、政府的良好形象。这个良好形象，是乡镇干部特别是乡镇主要领导干部政治素质、理论素质、能力素质和作风素质的综合反映。具体讲，要树立四种良好形象：首先是树立廉政形象，赢得群众的尊重。农民深知财物来之不易，俭朴成习，所以乡镇干部必须清廉自律，淡泊明志，两袖清风。其次是树立务实形象，取得群众的支持。农民最实在，喜欢务实的人和务实的政府，也只有务实才能落实好党的方针政策，才能让群众信服。再者是树立爱民形象，赢得群众的拥护。要想民之所想，急民之所急，时刻不忘人民的利益，与群众同甘共苦，在劳动中建立融洽的感情。最后是树立公正形象，确保政府权威。乡镇政府是人民权力的执行机关，不是慈善机构，必须敢于为民作主，敢于扶正祛邪。要敢为民撑腰，敢担硬担子，真正使乡镇党委、政府在人民群众中树立起良好的政治形象，从而带动广大农民建设好社会主义现代化新农村。

（写于 1996 年 4 月 28 日，发表在 1996 年 5 月 11 日的《咸阳报》上和 1996 年第 9 期的《咸阳组工》上）

乡镇党委应怎样抓精神文明建设

乡镇党委应怎样抓精神文明建设？我们在这方面进行了积极尝试和大胆实践。经验告诉我们，乡镇党委抓精神文明建设，主要是抓好干部群众的“灵魂工程”建设，抓好对广大农民的教育引导，抓好农村文化的繁荣发展和抓好农村基层组织建设。

一抓武装头脑，全面提高干群素质。“双学”是农村基层干部和群众的必备“食粮”，我们以此来铸造“灵魂工程”，坚持用科学的理论武装人。当时乡上成立了以主管书记任组长的学习领导小组，各基层党支部确定 1 名领导主管学习宣传工作。全乡选定了 29 名理论辅导员，每所小学抽出两名教师周五晚辅导本村农民学习文化知识。乡党委制定了《乡政府机关学习制度》等，乡党政领导身先士卒，带头学习；广大干部自觉遵守，积极学习。我们把政治理论学习与科技学习结合，集体学与自学结合，个人钻研与辅导讲座结合，使全乡的理论文化学习走上规范化、科学化、制度化的管理轨道。

二抓教育引导，不断改进村风民风。我们抓精神文明建设从乡情出发，坚持用正确的思想教育人，围绕思想道德和社会公德进行教育，开展了爱祖国、爱集体、爱社会主义的“三爱”教育和奔小康宣传活动、移风易俗活动、评选“十星级文明户”活动。1995 年，全乡评出“十星级文明户”170 多户，“五好家庭”113 户，“好媳妇”190 多人。

三抓文化建设，创造良好的社会环境。发展和繁荣农村文化，是实现小康目标的内在要求和农民的迫切愿望。在这方面，我们一是抓好乡属企事业单位干部职工的业余文化活动，丰富文化生活；二是组织丰富多彩的民间娱乐活动，有条件的村逢年过节都组织社火演出和“自乐班”助兴；三是提倡农民自办书店，进行智力投资；四是积极创造一个文明健康的文化大环境。

四抓农村党建，促进精神文明建设。我们坚持以党风好转带动民风转变，以搞好党建工作促进农村精神文明建设。首先，抓廉政教育。我们教育干部廉洁奉公，勤政为民。乡党委制定了《干部廉洁自律有关规定》和《村级干部离任审计办法》等。其次，坚持“四化”方针和德才兼备原则，按照老、中、青“三结合”办法，放宽视野选任村干部。1995年以来，我们选用的10余名村干部，有致富能手，有科技型农民，还有女强人，使基层组织结构合理，人员配备合理。同时，乡上成立了干部教育组，加强对村干部尤其是青年干部的教育，收效良好。

总之，通过我们的努力及广大干部群众的支持配合，全乡的精神文明建设已跨上了一个新台阶，受到了市、县及有关部门的肯定和奖励。1996年，太峪乡（今太峪镇）党委被市委评为市级“廉洁党委”，被彬县县委、县政府评为精神文明建设先进单位，蒋家坡村被评为市级“文明村”，并涌现出一批受县、乡表彰的先进集体和个人。

（写于1996年5月20日，此文是向市、县的汇报材料整理，发表在1996年6月15日的《咸阳报》上）

乡镇领导应具备怎样的素质

在基层工作了几年，我深感乡镇领导的素质对于当地经济社会的发展、两个文明的建设，以及各项事业的推进，有着举足轻重的作用。那么，究竟乡镇领导应该具备怎样的素质？我认为应该做到以下几个方面：

政治觉悟要高。乡镇一级的党委、政府，担负着贯彻执行党的路线、方针和政策等，方方面面具体而繁重的任务，以及在第一线组织、指挥、协调、服务的职能。因此，乡镇领导必须具备较高的政治素质，具有坚定的政治方向、政治立场，自觉地与党中央保持一致。

知识要广。现代农民的文化水平普遍提高，科技意识明显增强，但是农村工作多而杂，作为一名乡镇经济建设和社会发展的指挥者，不仅要掌握市场经济理论、科技文化知识，还必须掌握一门以上的农业实用技术。这样，才能领导农民，促进农村经济发展，才能得心应手地指导现代农业，才能使果业、烤烟等科技含量较高的产业达到理想的产出效益，才会使自己在农民群众中的威望自然而然地提高，进而产生较大的凝聚力、感召力和说服力。

决策要准。决策能力是一个内涵十分丰富且有多种规定性的概念。概括地说，要有归纳概括能力、预测能力、综合分析能力、推理论证能力和比较选择能力等。这就要求乡镇领导在决策时必须重视乡情民意的调查与把握，把群众议论的“热点”问题作为决策的第一信号，把群众反映强烈而又有可能解决的问题作为突破口，围绕县上安排的中心工作，正确果断地做出决策。在充分发扬民主的基础上集思广益，不断提高决策的科学性、可靠性和可操作性。

为政要廉。古人云：“公生明，廉生威。”面对时下日盛的吃喝风、享乐风，乡镇领导要廉洁自律，甘于吃苦，乐于奉献，力戒贪、馋、懒。

在为政过程中，尤其是涉及群众利益时，不优亲厚友，注意做到公平、公正、公开。

作风要实。农村工作的特点决定了乡镇干部必须“沉”在下面抓落实，全心全意搞服务，真心实意地为农民群众办实事。要坚持进村入户，访贫问苦，与农民交朋友，为贫困户出主意，知民疾苦，为民着想，亲民、爱民、敬民。在勤政廉洁方面，为基层干部做表率，像孔繁森、李润五、田建国那样，时刻把群众的冷暖挂在心头。只要我们一心为民，无私奉献，就能无所畏惧，无怨无悔。

（写于1997年4月1日，发表在1997年7月19日的《咸阳报》上）

彬县“四教育”中的“三抓”

1999年3月至次年4月，陕西省开展对农村基层干部的“四教育”（实事求是的思想路线教育，为人民服务的宗旨教育，党在农村的基本政策教育，以民主法制为主要内容的思想作风教育）活动。我在负责彬县“四教育”办公室日常工作时，提出并践行“三抓”，基层叫好，收效良好，被省、市推广。

抓“面对面”。在对照检查阶段，各乡镇党委和驻乡镇“四教育”工作组按照县上安排，首先召开各种类型的座谈会，下发征求意见卡，在乡、村和街道设立意见箱，走访一些党员、群众，真心诚意地征求和听取群众意见；召开乡镇领导班子民主生活会，领导成员互提意见、共谈看法，开展批评与自我批评；开展谈心活动时，主要领导、其他领导和成员之间，领导与领导之间开诚布公，敞心亮怀，互评互帮。各乡镇严格按照县“四教育”办公室制定的工作日程表和下发的不同阶段工作要点，抓好各个环节的工作，做到行健步稳，有条不紊。据统计，试点乡镇共召开各类座谈会83次，个别走访488人次，印发征求意见表5380份，设立意见箱26个，谈心130人次。多渠道、全方位认真听取各方面对乡镇领导班子和领导成员的意见，以便在工作中予以纠正和改进。

抓“背靠背”。为了使乡镇领导的对照检查不流于形式，真正触及灵魂，彬县“四教育”办公室统一印发了《乡镇领导班子征求意见表》750份，《乡镇领导成员征求意见表》8000份，由驻乡镇工作组负责收发和归纳整理，并将所收集的意见及时反馈给乡镇领导班子。同时，彬县“四教育”办公室向县级领导和县级有关部门印发征求意见卡1200份，并召开征求意见座谈会，对乡镇领导进行满意度调查。然后梳理归类，连同县委常委会对这些乡镇的评议意见，由彬县“四教育”领导小组及其办公室分别向这些乡镇班子传达，使他们理清是非，认识自我，扬长避短，认真工作。

抓“实打实”。从基层干部群众、乡镇领导班子和县上3个方面收集到对乡镇领导班子和领导成员的各类意见10类217条，其中与领导成员有关的意见139条，这些意见中工作作风方面的意见占30%，执行政策方面的意见占25%，思想路线方面的意见占10%，宗旨方面的意见占18%，其他方面的意见占17%。乡镇领导班子按照县上安排，根据反馈意见，逐条对照检查，不文过饰非，不遮遮掩掩，真正达到了解决问题、收到实效的目的。

5个试点乡镇自“四教育”活动开展以来，各项工作活力大增，收效显著。春季果树管理7.6万亩，植树造林63万株，治理流域面积11万亩，清收各种税款20多万元。一位乡党委书记说：“通过‘四教育’活动，我们的发展思路明晰了，干群步伐整齐了，干事创业的劲头更大了！”

（写于1999年4月下旬，此文是给省、市汇报资料的部分内容，发表在2000年2月21日的《咸阳报》上）

说胖道瘦

近日下乡时，有位男同志随身带着减肥药，说什么都可以忘，饭前吃药不能忘。另一位女同志体重仅百斤，也在千方百计减肥，我问何苦这般？他们回答：瘦点美！

到底是胖美，还是瘦美呢？历来众说纷纭。东西方看法各异，古今说法不一，为此争论了几千年。我国先秦时期曾有“楚王好细腰”的故事，说的是楚灵王喜爱细腰，群臣和妃子们都节制到一日只吃一顿饭，并屏住呼吸扎紧腰带，以讨楚灵王的喜爱。到了汉代，《后汉书·马廖传》中这样记载：“楚王好细腰，宫中多饿死。”可见秦以前以瘦为美。五代时以胖为美，可以佐证的是陕西彬县底店乡发掘的五代卫王冯晖墓中，壁画上的仕女及墓门上方的石雕仕女体态丰腴，异常健美。唐代也以胖为美，这在史书中多有记述，从陕西乾陵章怀太子墓中的壁画《捕鸟观蝉图》上可以证实。唐玄宗的贵妃杨玉环艳压群芳，她不也很胖吗？明清以来，不讲究胖了，人们从审美上赞美窈窕淑女，目光从胖一下子转移到瘦上。在当今的西方国家，有以瘦为美之说，也有以胖为美之俗，不同国家有不同看法，不同的人亦有不同说法，无统一答案。

近些年来，我国似乎普遍以瘦为美，各类媒体中瘦美人占领了广告画面，“减肥浪潮”一浪高过一浪。好些年轻人为赶减肥之时髦，为求苗条之风度，束胸紧腰者有之，减肥少食者有之，加大运动强度者有之。却不知，不正确的减肥方法对身体是有害的。就说束胸吧，它会使胸廓发育受阻，甚至发生畸形，使心脏受挤压而跳动减弱，使肺扩张受到限制而通气量下降，尤其对青少年生长发育产生不良影响。对女性青少年来说，会使乳房发育受限，甚至会导致乳腺炎的发生。束腰会使肝、肾、胃、肠等腹腔脏器受挤压活动受阻，造成发育不良或引起疾病。有人“减食”，更是十分错误的。众所周知，身体生长发育需要营养供给，每天的学习、工作和劳动都要消耗能量，这就要靠按时摄食来补充。如果因胖废食或少食，就会营养不良，引发其他疾病，没有了健康，还谈什么美?

一言以蔽之，到底是胖美，还是瘦美?我说，瘦美也不美，胖不美也美。这不能孤立地论断，要以健康为前提，健康永远是美的。我国已推出成年男女身高与标准体重对照表，君不妨以此为镜，常测你的胖瘦。更重要的是，平时要注意饮食结构，注重锻炼身体，塑造健康的体魄和健美的身段。如果说20岁之前的美是父母给的，那么20岁以后的美全靠你自己。

（写于2001年8月初，发表在2001年8月25日的《咸阳人口报》上）

也谈婚恋观

婚恋问题，是人生旅途中必然遇到的问题。婚恋观，是人类一个永恒的话题，往往各执己见，自有选择。近日，单位一个年轻同志相亲归来，大家忙围上去问："对象咋样？""其他方面还可以，就是脸盘差些！"他不满意地回答。这反映出现在好些年轻人的择偶标准是重脸蛋，也就是注重对象的颜值。"女的靠脸蛋，男的凭才干"，为大多数人认可。尽管恋爱观千差万别，但我认为个人的综合素质才是第一位的，貌美更要心美。

20 世纪 80 年代初期，渭北山区一位农家子弟在西安某重点大学大学毕业时，有人撮合他与家居西安的另一高校的一位女生交往。这天约定去女方家"亮相"，由于家贫，他去的时候穿的依然是打补丁的衣服，心想我这身穿戴人家大城市姑娘能看得上咱吗？可"事与愿违"，女方正是看中了他不讲享受的品质。著名歌唱家关牧村，找对象的先决条件是"经历过磨难，尝过苦，有才有志"。这就是一个走过坎坷道路、希望遇到知音的艺术家对另一半的要求。

正像作家萧乾所说："否认和贬低外形在择偶中所占的位置是徒劳的。喜欢美是人的天性""然而外形确实经不起时间的磨损，所谓'人面桃花'。"萧乾举例说明了个人品质在择偶中的重要性，他有一个学化学的同学，找了一位同学科、同籍贯，身高体重什么都中意的对象，婚后才发现妻子原是一位脾气较差、缺乏教养的人。一天他回家用餐，坐下尝了口妻子做的汤，咂了咂嘴巴："这汤咸了点吧？""叭"的一声，那碗汤就扣在他头上了。因此，萧乾告诫青年："爱情的温度计是以无私为水银柱的，最可怕的是爱上了一位自我中心者！"

雷锋式的军人朱伯儒，他的择偶标准是重品质和修养。1965 年，一位同乡给他介绍了一位年轻美貌的教师，有次两人一起上街，那姑娘见朱伯儒给了一位残疾人4元钱，就发牢骚："还不如用这钱下馆子呢！"可她到了照相馆却出手大方，照了一张又一张。朱伯儒的最后结论是：此人不行（一个自我中心者），婚事告吹。后来经人介绍，他与某医院一位瘦小的护士谈恋爱，二人上街后朱伯儒故意给一个残疾乞者10元钱，这位护士说："看来你这人的心肠还很热呢！"这位护士就是朱伯儒的妻子刘义文，正是由于她高尚的情操，才使朱伯儒这位军中英模把他的热情洒向更多人。假若其妻是一个自私吝啬的"河东妇"，朱伯儒还能有安宁的生活吗？

在选择配偶问题上，古时不少名人志士的做法是值得今人效仿的。如古代杰出政治家、军事家诸葛亮，娶了相貌丑陋但才学超人的黄氏为妻，两人互敬互爱，黄氏成了他事业上的得力助手。

诚然，貌美可以给人以美感，"好物人见人爱"。但是，这种美如果不与自身的内在素质相联系，就失去了美的价值。同样，无论是闭月羞花的美貌淑女，还是倾国倾城的绝代佳人，都没有回天之力阻止岁月流逝，使红颜不老、青春永驻。因此，在选择对象时，不要过于看重相貌，更应注重心灵是否美好。美貌只是自然的秉赋，它既不是才能，又不是德行。你是在找同甘共苦、志同道合的妻子，不是在选观赏品。朝鲜有句谚语："人美不在貌而在于心。"这就是说，美主要取决于人的内在品质。只要两人真心相爱、心心相印，就不会计较对方的外表，因为人并不是因为美丽才可爱，而是因为可爱才美丽。但愿年轻的朋友，树立正确的择偶观，在婚姻这一严肃又十分重要的问题上，慎重选好你的如意伴侣。"但愿人长久，千里共婵娟！"

（写于2001年9月初，发表在2001年10月25日的《咸阳人口报》上）

山东梨出口的联想

从媒体得知，山东水果每年出口 15 万吨，继 2000 年山东梨出口澳大利亚后，2001 年山东梨又成功打入加拿大市场。山东水果何以步步向世界果品市场挺进？

原来，落户山东的新加坡复发中记有限公司在这个水果大省开发了果园种植基地，他们不断引进世界最先进的优质水果品种，在作务过程中不使用化学农药，采用特别加工的纸袋保护成长的水果免受病害与恶劣气候的侵害。一句话，他们在果品质量上大做文章。目前这家公司的经营规模相当大，除在中国山东龙口市、上海市和广东东莞市设有 3 个加工与分销中心外，还在中国境内建有最大规模的气调冷库，使得该公司在水果加工水平、水果保鲜、水果冷库贮藏等方面跨入世界同行业前列。

由此联想到，我县、我省乃至全国水果羞于出“口”，在世界水果市场上所占份额很小。个中原因很多，但最根本的原因是不是与质量直接有关呢？这可能是我们应该认真思考的问题。我国水果总产量居世界第一位，年产量约 5900 万吨，年出口量仅 80 万吨左右，不足世界水果贸易量（4220 万吨）的 2%，而我省的水果出口量更少。彬县的彬州梨誉满中外，自古为晋上贡品，外国人知其名却很少见其“庐山真面目”，这不能不说是一桩憾事。彬县的海拔、温差、光照等生态因素，是生产优质果品的适宜区，但彬州梨年均价不过 1 元，而口感欠佳的美国“提子”每斤零售价竟达 20 元左右。高价的洋水果以鲜艳的色泽、精美的包装成为馈赠佳品，国人走亲访友、探望病人，都要提上一篮子洋水果，使得洋水果在中国占有了很大的市场份额。据有关方面介绍，中国每年水果进口量已超过出口量。

为何国产水果打入国际市场如此步履艰难呢？国家质量监督检验

检疫总局动植物检疫监管司的一位官员分析：一些发达国家和地区，对中国水果质量的要求十分苛刻，果品大小要均匀，果实要饱满，口感要新鲜，不能有任何瑕疵及残留的农药。正因为“国际标准”如此之高，中国水果出口之路走得十分艰难。目前我国水果主要出口东南亚地区，欧洲、澳洲、中东等地的市场占有率很低，美国市场大门尚未叩开。说到底，我国水果的整体质量，与国际标准要求还存在着相当大的差距。我们的水果，绝大多数采用自由分散的种植方式，种植单位基本上都是以户为主。在品种选择、种植管理等方面随意性很大，一些地方管理比较粗放，这就使得水果质量受到很大影响。综上所述，我想我们今后在果品生产中应该注意以下几方面的问题：

首先，要在质量上寻出路。我国水果平均优质率仅为30%左右，高档精品水果不足1%，水果质量普遍不高。加拿大驻华使馆商务参赞Gordon Parsons在参加山东梨出口加拿大首发式时讲道：“国际上农产品市场竞争十分激烈，中国要加入国际市场竞争，就要把果品质量放在第一位。”有关专家指出，必须按照国际标准建立果菜农副产品基地，走集约化发展之路。业内人士说，中国产的红富士苹果同日本产的红富士相比总是稍逊一筹，说明我们在后天管理上还存在着差距。因此，我们除了大规模经营、集约化发展外，还要采用高新技术提高果品生产技术含量，如病虫害防治、改良果园耕作制度、推广配方施肥技术、发展果园节水保水设施、采用中小冠树形、严格控制树体负载量、加强着色管理、推广植物生长剂和微肥等。这样，才有望提高果品质量，提升品位，赢得市场。

其次，要在品种上做文章。品种是果品质量的基础，优良品种不仅能提高生产效益，还能增强市场竞争力。近几年，我省引进、培育了一些优质品种，如丰水梨、南水梨、岩富10号、2001富士、JS58、丽嘎啦等，但这些优质品种大多还处在开发、试验、推广阶段，加之生产管理技术不易掌握，种植面积有限，产量所占比例很小。今后应大力引进、开发和推广一批名、特、优、新、稀品种，以新品种引导新要求，开拓新市场。根据市场需求生产适销对路、不同规格的产品。

再次，在包装上下功夫。水果的质量，取决于生产阶段和产后处理两个环节。目前我们的果品在产后环节上大多没有进行分级、清洗、打蜡、防腐保鲜，以及精细包装等商品化处理，有的连像样的包装箱也没有。随着果品买方市场的形成，消费者挑选的余地加大，市场竞争越来越集中于品牌竞争，名牌成为开启市场的一把金钥匙。如彬州梨（彬州牌）多次荣获陕西省“优质水果”称号，特别是1999年被评为中国国际农业博览会名牌产品后，客商竞相购买，销量可观。所以，果品要实施名牌战略，搞好创牌工作，重在提高质量，以质创牌。更重要的是要美化外表，树立品牌形象，严格按照国家规定的标准或客商要求，进行分级包装。包装时应认真细心，防止撞伤或压伤。要以名牌产品开拓、占领市场。

总而言之，将水果卖出去才是硬道理。在水果市场竞争日趋激烈的今天，广大果农作务的水果能够真正受到消费者青睐，使其慷慨解囊并非易事，而这正是果农增收致富的重要事情。因此，政府和果业工作者应更多地把目光放在果品质量及市场需求上，立足“卖出去”，只有围着市场转、盯着效益干，才能赢得市场主动权。

（写于2001年10月27日）

公主的婚事

公主是封建社会皇帝女儿的称谓，其配偶叫驸马。我公务之余翻看史书发现，中国历代帝王女儿的婚姻，或夹杂有趣的故事，或牵联政治、外交等问题，很值得一谈。

不过，皇帝对女儿的婚事一般都很重视，尤其对女儿配偶的出身、门第要求特别严格。周朝时，唯有诸侯的儿子可高攀公主，其他人只能望而兴叹。战国以后，能与公主婚配的，除诸侯的儿子外，还有勋贵、将相等。唐代公主的婚嫁，不但要审查驸马的身世，还要追查驸马家庭其他人的家世。如唐高宗要把女儿太平公主嫁给薛绍，太平公主的母亲武则天坚决反对，原因是薛绍的嫂子萧氏“非贵族”，武则天言道：“我女岂可与田舍女为妯娌耶！”直到有人作证说萧氏是唐初宰相萧瑀的侄孙女时，武则天才同意了这门亲事。到了宋朝，选择驸马从追求门第转向注重学识。凡中状元者，只要尚未婚配，就有可能被选为驸马。像宋英宗为女选婿，就亲自面试状元的文才。

封建社会，皇帝的女儿真可谓“金枝玉叶”，能攀上这门亲事真乃求之不得。如周朝天子女儿下嫁给诸侯，诸侯将其看作是极为荣耀的事，举国庆贺。历朝历代，“尚主”的家族即成为皇帝的姻戚，有着其他官僚贵族享受不到的特权。官僚贵族无不愿与皇帝攀亲，也就热衷于“尚主”，故民间有“皇帝女儿不愁嫁”的说法。当然，世间没有绝对的事情。在隋唐以前，相当一部分士大夫并不愿做驸马爷，主要原因是难以忍受公主的骄横霸道。南朝赵倩娶了宋文帝第四个女儿海盐公主，其未嫁前即与庶兄始兴王刘濬私通，出嫁后仍与刘濬有来往。赵倩无奈，入宫找海盐公主理论，她竟对丈夫大打出手，气得赵倩引帐自缢，公公赵伯符惭惧而死。又如《铡美案》中的岚萍公主，仗势欺人，不可一世。她虽然是冲着陈世美结发妻子秦香莲而来，但反映了皇帝女儿娇生惯养、蛮横欺人的一面。

当然，公主的婚姻，有时出于当时政治的需要，成为统治阶级尤其是最高统治者服务的一种手段。公主往往以缔婚方式去担任特殊角色，完成特殊的政治使命，这其中一个主要形式就是“和亲”。“和亲”政策是汉高祖七年（公元前200年）刘敬提出来的。西汉向匈奴、乌孙出嫁了多位公主，如细君公主、解忧公主远嫁乌孙，起到了争取乌孙、联合西域诸国断匈奴“右臂”的作用。王昭君出嫁匈奴，亦收到了汉朝与匈奴友好相处的效果。从这种意义上讲，她们的婚嫁促进了民族间的团结，至今仍传为美谈！

（写于2002年5月26日）

今天更要艰苦奋斗

一提到艰苦奋斗，有人会无知嗤笑："现在都啥年代了还提这个。"还有人认为"艰苦点儿别人瞧不起"。这些人热衷于比吃比穿比享受，没有看到我们国家还在发展中，好多家庭并不富裕，有的甚至比较贫穷。大多数人目前基本解决了温饱问题，我们的日子还没有真正富起来。即使达到了小康，日子好过了，我们也不能高枕无忧，还要继续奋斗。

孟子有句名言："生于忧患，死于安乐"。孟子阐述其观点时，一连列举了6位历史上显赫人物的经历：传说舜从筑墙的工作中被提拔起来，胶鬲从渔盐贩子的行业中被选拔上来……他用这些事例说明，忧患困苦使人发奋图强，安逸享乐使人萎靡不振。我们的生活不可能没有航标，我们不应当成为物质欲的奴隶。一个人如果滋长了享乐思想，一味追求安逸奢侈，不思进取，吃不得苦，就必然玩物丧志。况且，欲壑难填，物质欲望没有止境。有人为了轻轻松松弄到钱，或张口向长辈要，或伸手从国家捞，甚至巧取豪夺，最后走上了歧途。一个人是这样，一个单位也不例外。如果一个单位的领导滋长了讲排场、比阔气的奢侈作风，不惜人民的血汗钱，比车比房比摆设，任意挥霍浪费，请客送礼，定会脱离群众，走向深渊。

其实，凡成大业者，无不艰苦节俭，不图享受，以事业为重。尽管中华人民共和国成立后生活条件好了，但是毛主席仍穿着打了补丁的袜子；暂时困难时期，他的女儿同老百姓的子女一样住在学校；他当时连大肉都很少吃了。即便是封建帝王，有的也很节俭。汉文帝刘恒在位时，有大臣建议修建一座高大的宫廷露台，当他得知耗费过大时，决定不建并告诫大臣们"如若奢侈之风蔓延，国势就要衰弱了"。隋文帝杨坚吸取前朝灭亡的教训，倡导节俭，痛恨奢靡，对大肆挥霍国家钱财的大臣毫不留情，连自己的儿子也不例外。唐太宗李世民不仅自己在衣食住行方面很节俭，还明令禁止王公以下的贵族修建豪华住所；他见到儿子食山珍海味时，就提醒他牢记建国立业的艰辛。

今天，我们提倡艰苦奋斗，更具现实意义。历史经验表明，一个革命的进步的阶级、政党和军队，在创业时期，在艰苦奋斗的条件下，在生死存亡的斗争中往往比较容易做到甘苦与共，团结奋斗；而在革命成功之后，物质生活条件好起来了，有些人往往忘记了创业时期的艰难岁月，就容易贪图享乐，追求享受，脱离广大群众。在改革开放、发展社会主义市场经济的新形势下，我们要对各种腐朽思想文化保持高度警惕，永远发扬艰苦奋斗的革命精神和艰苦朴素的优良传统。

愿我们的干部和群众，认清我国的基本国情、县情、家庭状况，增强艰苦奋斗的自觉性，学习先哲的光辉榜样，弘扬长征精神、延安精神和雷锋精神，提倡艰苦奋斗，勤俭创业。越是改革开放，越是经济发展，越要艰苦奋斗，越要克勤克俭，这对公、对私、对事业、对家庭都有好处。只有这样，我们才能与时俱进、勇往直前，我们的民族才能立于不败之地。

（写于2002年12月24日，发表在2003年1月29日的《咸阳日报》上）

情深 意浓 文美

在著名作家邹志安逝世10周年之际，我读了很多悼念他的文章，唯有安宏杰同志的《三拜长跪哭恩师》（以下简称《哭恩师》）给我留下的印象最深，不禁使我掩卷泪下。我也看过很多散文，而《哭恩师》一文，最能打动我心。所以，我发自内心地感谢王永杰同志主编了《古渡听涛》这本福泽当今、荫及后世的散文集。同时，也不由自主地提笔抒发对《哭恩师》这篇精美散文的欣赏之情。

《哭恩师》洋洋千言，句句情深，字字含泪，情真意切，感人肺腑，催人泪下。读来可感一位学子长跪灵前，向人们泣说恩师撼天动地的不朽业绩，寄托作者无尽的哀思和永久的怀念。

邹志安，作为一个有成就的作家，可赞的地方很多。然而，安宏杰同志没有事无巨细地赘述罗列，而是抓住邹志安生活中闪光的亮点和体现其巨大人格魅力的事例，运用散文这种最为自由、最能负载情感宣泄的文学体裁，进行情深意切的缅怀追忆，给人以震颤、感染、教育、思考。邹志安从乾县师范学校毕业、走上工作岗位，到他撒手人寰、英年早逝，综述他的人生，尤其对“我”的教育、救助和关爱；从邹志安的家庭际遇、生活轶事到他担任礼泉县委副书记和《哦，小公马》获奖，敷陈他对事业的执着追求和不平凡的一生。全文从不同视角平实而率直地思忆邹志安的师德、官德和文德。你看，当“我”孤儿寡母、生活窘迫、无力上学时，邹老师“看望我们母子”，硬给“我”手里塞了10元钱；又找村求社，为“我家”争取了50元救济金。即使在全国“停课闹革命”的喧嚣声中，他仍旧教导“我”好好学习，亲手帮“我”制订学习计划。他说“种子播下去了，就有收获的时候”，当时“我唯一能回报老师的也只能是勤于学业，终日不敢懈怠。勒紧裤带读完了初中、高中”，又在邹老师的鼓励下读完了大学。那时，邹志安的生活并不宽裕，家庭境况谁见谁流泪。上有80多岁的老母，下有心智不全的弟弟，还要养育刚出生的侄子。这样的家庭状况，这样困苦的生活，邹志安却对需要帮助的人施以援手，品德之高尚令人敬佩。他当老师，救助了多少穷途学子于饥寒；做县委副书记，解救了多少黎民于倒悬；当作家，无私捐助希望工程……正是因为他的厚德良操，赫赫功绩，才使送别路上“薤露寒生感天动地，雨洒天流泪，风号地哭声”“你英骨还乡，三秦放悲声，声哀哀而怀英才兮，心愁愁而思人杰兮”。作者吟联感叹：“苦伴灯火三更陋室相随泼墨手书师弟交情如骨肉；今临庚楼彻夜哭吾谁主孤影挥泪梦魂终古追英灵”。

作者在最后写道：“我三拜长跪，哭一声恩师，你今在何处？我有苦衷，可向谁说？心有疑惑，应向谁问？欲见恩师，何处招魂？老师可曾知道，学子想你，三年泪眼不干，夜夜推枕失声。我无恩师，孤露何依？！”真是情深、意浓、文美。我记得老舍先生有句名言：“多么高深的思想，需要多么精到的语言。”《哭恩师》布局严整，笔法新颖，语言凝练，创意幽远，虚实结合，动静呼应，句中有余味，篇中有余意，言有尽而情无穷，是一篇不可多得的佳作。

（写于2003年，发表在2003年6月15日的《咸阳日报》上）

由美伊战争想起“空中花园”

2003年3月20日，由于美英发动的伊拉克战争，导致这个屡遭战火磨难的国度硝烟弥漫，民众惨遭蹂躏，婴叟无辜丧生，难民流落他乡，人类文明发祥地之一的古巴比伦王国在枪林弹雨中泣诉。纵观伊拉克的今昔，我们不禁联想起世界文明史上被誉为世界八大奇迹之一的巴比伦“空中花园”的惊世奇观。在公元前2006年，由幼发拉底河和底格里斯河冲积形成的美索不达米亚平原上，建立起了古巴比伦王国。其古城遗址就在今天的伊拉克首都巴格达以南。当时这里建有3座皇宫、15座庙宇和拥有数十万人的文化都城，“空中花园”就坐落在南宫内，是新巴比伦王国国王尼布甲尼撒二世下令修建的。当时巴比伦城内虽然到处矗立着富丽堂皇的宫殿庙宇，却难得见到花草树木。而王后原是米底王国的公主，她思念家乡的秀美风光，竟然思郁成疾。尼布甲尼撒二世为讨王后欢心，命建筑师仿效米底山区的景色设计修建了这座“空中花园”，被誉为西亚及北非文明的杰出代表和传神之作。

据记载，“空中花园”是一座宝塔状假山式建筑，像华丽的婚宴蛋糕，周围环绕镶嵌着彩色狮子图案的高墙。建筑师利用地形，运用立体造园手法，分几层平台设园。顶上有浇灌用的水源，每层种植着四时不败的秀木花草，芳香宜人。来自异国他乡的奇花珍木，使假山寸土不露。山顶建有鲜花环围的宫殿，供王后俯瞰观赏花园和巴比伦的大神庙、圣道及固若金汤的城池。常年喷涌的清泉从四面水道飞泻而下，如群龙遨游，蔚为壮观。远望是一座花草履盖的小山，近看则觉花草全长于空中，真像飘浮在半空中的大花坛，故名“空中花园”。

今天，巴比伦古城和“空中花园”虽已被历史的长河所冲蚀，但它在伊拉克的国土上仍然保留下残垣断壁，它耀眼动人的历史不会磨灭，在世界文明史上它永远被人们所铭记。伊拉克的考古学家和艺术家，根据出土文物建造了古城的巨大模型，在首都巴格达的公园里建造了“空中花园”模型，供人们观赏。人们浏览它、讲述它时，实际上是在追忆人类文明。

（写于 2003 年）

吃果莫忘梨

近年来，由于自然灾害、作务水平、市场因素等多方面的影响，彬州梨的种植面积有所减少，梨业生产陷入低谷，以致农民务梨的积极性降低，甚至出现毁园的情况。以往爱吃梨的人，也很奇怪地“望梨生厌”。在果业生产领域，隐现一种不正常现象。

这里，我之所以要为梨正名，就是要以公正、科学的态度，强调梨果的营养价值和对人们生活的重要作用。

梨是人类的健康益友。梨所含营养十分丰富，它含有大量的苹果酸、柠檬酸、果糖、蔗糖、多种维生素和钙、铁、磷等矿物质元素，这些都是人体不可缺少的。梨更具有明显的药用价值。它性凉，味微酸，有润肺、滋肾、补阴的功效。民间有“梨生者清六腑之热，熟者滋五脏之阴”之说。特别是彬州梨，果正形美，色泽金黄，皮薄果脆，汁多渣少，为果中优品，历来享誉中外。

梨是农民增收的重要农产品。前些年，彬县城关镇的西街村，户户都务梨，家家盖起小洋楼。全县亦出现了众多的务梨专业户、专业村、专业乡。近年尽管梨的销售不乐观，但我邻居的几亩梨园，每公斤都在 1 元以上。嫁接后的水晶梨，2003 年每公斤卖到近 4 元（若套袋的话价更高）。再说，梨的产量较高，只要修剪得当，年年都丰产。2003 年彬县义门镇柴村的套袋酥梨，亩产高达 4000 公斤，好多户收入近万元。有一个农民当时以每公斤 1.2 元的价格收贮了 20 多万斤，今年 3 月以每公斤 2.48 元的价格被南方一客商购走。你可从这些务梨、贮梨的经济活动中，看出每亩梨给农民带来的实际效益确实很大。

彬县近几年引进了日本“三水”梨、韩国水晶梨等，使第三代彬州梨系列中的“成员”面貌为之一新，品质不断提高。

作为梨农，发展梨时可选择早熟品种七月酥、新水等，中熟品种八月酥、新世纪、白皮酥、红香酥等，晚熟品种金花梨、雪花梨、砀山酥梨等。作为消费者，可根据身体状况，在不同季节选食不同品种的梨。

（写于2004年4月12日，发表在2005年9月26日的《咸阳日报》上）

名人名家爱女孩

日前，一位在某大学任校长助理的大学同学回乡省亲，老同学一见如故，不免多聊了几句，也不免谈及子女问题。他不无自豪地说："只要了一个女孩，已上大二了。"我说："你已从乡下人的观念中走出来了！"他不假思索地说："女孩心细谨慎，孝敬父母，还是女孩好！"

为什么"重男轻女"的思想在农村依然存在？为什么遗弃女婴的案例不时发生？为什么引起社会学家关注的男女性别失衡问题愈发严重？说到底还是观念问题，封建思想残余根深蒂固。他们无视客观事实，看不到社会的发展进步，看不到女性在经济社会发展中的重要作用。当今社会有女总统、女总理、女专家、女老板……女性已在方方面面撑起了"半边天"，成为社会发展中十分重要的力量，其中有很多女性大有作为。

其实，古今中外的名人都很喜爱女孩。伟大领袖毛主席一贯倡导男女平等，很关注妇女解放与自由，他对女儿李敏、李讷关爱有加，对她们的学习非常关心，生活中要求很严。老一辈革命家陶铸与曾志只生了一个女儿陶斯亮，其后来任市长，成绩斐然，退休后又担任中国市长协会专职副会长，可算巾帼豪杰。马英九的两个女儿，更可谓是美女、才女。美国前总统克林顿只有一个女儿，才貌俱佳。唐高宗李治在得知武媚娘生了一个女孩后，乐不可支。唐代诗人白居易在《赠内》诗中有"寒衣补灯下，子女戏床头"的佳句，当他女儿出嫁后生了外孙女时，他又赋诗"怀中有可抱，何必是男儿"，表达了对女孩的喜爱。北宋文学家苏东坡，非常气愤溺杀女孩的事情，曾给朱刺史呈书"若依法处治数人，此风便革"，主张以法律保护女孩。明代冯梦龙在任寿宁知县时，曾颁布过禁溺女婴告示："一般十月怀胎，吃尽辛苦，不论男女，总是骨肉，何思淹弃？为父者你自想，若不收女，你命从何来？为母者你自想，若不收女，你身从何而活？”清末南社诗人胡熊锷，当他的妻子生了女孩难受时，他挥笔写下《生女慰内》诗：“嚷嚷冷露幽兰茁，襟祝初传莫喜悲。来日只应同负载，于今何贵有须眉？霜林未合车前子，秋实徒冲慨黍离。一语慰卿聊索笑，士夫如鲫几男儿！”他祝贺妻子生了一枝幽兰，并发誓要像爱护男孩一样，养育好这个宝贝女儿。

相比之下，我们今天一些人为了生男孩，不顾法律的制裁和道义的谴责，溺杀女婴，遗弃女婴，这样的行为是何等的卑劣！但愿人们彻底摒弃封建残余思想的痼疾，树立婚育新风。生男生女都一样，女孩同样能成材。

（写于2004年7月25日，发表在《咸阳人口报》上）

当今果业抓什么

果业，是彬县农业的支柱产业，是彬县农民的“摇钱树”。在经历了20世纪80年代“密植快上”、90年代至今的“持续发展”后，当下实行“战略转移”，应重点抓好这四个方面的转移：

一是由生产向流通转移。彬县有20多万亩果树，在抓好种植面积扩大和技术提高的前提下，应抓好流通环节。这方面，正是我们的“短板”。流通是果业产业链中的终端环节，也是最重要的环节，流通抓好了，就可以带动其他环节，起到杠杆作用。正因为我们过去相当长的时间内只强调树体（田间）管理，忽视了流通销售，果农的市场观念淡漠，只埋头务果，不管市场行情，以致今天我们难以形成“千军万马闯市场”的局面，大多数果农仍旧坐门等客，不主动出击，就连镇、村干部也只抓果树管理，对果品销售很少问津，一手硬一手软。

二是由管理向护理转移。由于轻视流通，大家头脑中就缺乏商品意识，一些果农在果业产业的各个环节上只善于干粗活、粗干活，人为造成的残次果很多。我下乡调查发现，有近10%的果子被人为碰伤、撞伤、划伤、刺伤，有的果子因伤痕直径达80毫米以上，不得不退出商品果行列。我之所以提出“护理”这个概念，就是说我们对待果子要像对待婴儿那样，精心呵护，备加爱护，认真管护；更要像护士对待病人那样，从“吃、住、行”各个方面无微不至地照顾果子，直至把果子送到消费者手中，特别是在采摘、装运、入库等环节上要百般操心，千般小心，万般细心。

三是由修剪向间伐转移。修剪对于增加水果养分、平衡树势、调整结构、开通光路、生产优质果非常重要，但眼下彬县果业生产的突出矛盾是果树栽植密度太大，重心应向间伐转移。由于20世纪80年代中期的误导，形成2米×3米的密植园，严重制约着果品的高产优质。合理的密度应是 5 米 ×5 米或 5 米 ×6 米。这个问题，我在 2001 年就多次撰文呼吁"果树一定要稀化"，也多次建议县上"铁腕治稠"，但阻力很大，举步维艰，进展缓慢。为此，我 2003 年冬季在底店村搞救灾重建时试点性地抓了一下间伐工作，先后召开了每户 1 至 2 人的村民动员大会，对村民讲了 3 个小时的果树间伐道理，并在会上成立了以村支书为队长的间伐队，第二天就在三组组长的园子动手试验。出乎意料的是，之后村民争着叫间伐队"收拾"自家园子。十几天时间把全村大块果园基本间伐到位，底店乡（今水口镇）当即在这个村召开了现场会，在全乡推广底店村的果树间伐经验，在年终的全县果树冬管南塬片评比中，底店乡得分最高。所以，我觉得间伐并不难，重要的是给果农讲清科学务果的道理，引导示范，并重点抓。

四是由"平装"向"精装"转移。果品精美的包装，对提高吸引力、竞争力和市场占有率具有十分重要的作用。我们现在普通的、粗糙的包装，已被市场否定，取而代之的是精致、高雅、上档次的包装。我 2003 年冬天参加了在上海举办的"陕西果品展销会"和 2004 年秋季的"陕西省农产品洽谈会"后感触颇多，我们的水果品质那么好，就是因为包装不抢眼，被用眼睛"吃"果子的南方人所漠视。所以，包装问题已刻不容缓地摆在了我们面前。我想在包装方面，首先要精心选果。从大小、果形、色度等方面严格把关，要使挑选的商品果如同机床生产的产品那样大小几乎一致，吸引眼球。其次要精细包装。通过精选、抛光、打蜡、贴标、套网等程序，装入不同样子、不同大小、不同规格的箱、盒内。再次是要精造果箱。政府支持建造一两个有档次的纸箱厂，生产多种多样的纸箱、纸盒，在箱盒上醒目地标注"彬州牌"字样，使我们彬县果品特别是彬州梨占领果品市场制高点。

（写于 2004 年 12 月 10 日，发表在 2005 年 1 月 5 日彬县县委《送阅件》第 1 期上）

农民年终莫忘盘点

金猴逝去，雄鸡光临，年终岁首，忙活了一年的农民兄弟应坐下来仔细地盘点盘点！

首先应算收入账。全年各种收入是多少？林林总总，横比纵看，算算收入比往年是增还是减？原因是什么？比如我下乡时见到王老汉的盘点法就值得借鉴。这个四口之家的“掌柜”，吃饭时坐在炕头，满脸堆笑就算开了：今年他作务的3亩苹果，收了7250公斤，剔除化肥、农药、人工费，亩均收入达4000元。嘿！真不错，比去年翻了近一番。养的两头猪，一头至少卖千把元。还有孩子在海南打工，每月工资1000多元，今年拿回上万元。还不算卖鸡蛋的钱，村上义务工兑现等，算一算，累计近3万。然后他又算了支出账，除了女儿上学、果园投资、家里油盐酱醋等日常花销和几口人的医药费等，尚有节余，还挺可观。更使王老头欣喜的是，前些年农民最头疼的农业特产税，猴年全部取消了，要不然，光这一项，每人每年至少也得支出200元左右。王老汉不无感慨地说：“党和政府的爱民政策为咱农民带来了实惠，使今年的收支告别了‘赤’字，过日子更有心劲了！”

账不算不知道，一算高兴得睡不着觉。2004年农民有较好收入，而且增幅较大，除了老天帮忙、科技投入和农民的辛勤劳作外，主要还是政策好，政府重视“三农”问题。这才使农民致富有盼头，过好日子有指望。

当然，辛苦了一年，过年时，趁天寒地冻，农事未动，阖家欢聚，品品美味，喝喝美酒，拉拉家常，尽享天伦之乐，也在情理之中。但不能沉醉于此，更不能搞赌博，伤了和气，折了钱财，搞得家人不愉快，有悖春节的喜庆气氛。

说到底，一家人共同盘点好。这年终盘点，可盘出差距，可盘出士气，可盘出干劲。通过算账对比，扬长避短，在已取得成绩的基础上，再接再厉，更上层楼，乘着党的富民政策的春风，争取鸡年再创丰收。

（写于2005年1月16日，发表在2005年2月12日的《咸阳日报》上）

农民应怎样过大年

中国农村最为重大、最被关注的传统佳节——春节即将到来，广大农民兄弟应怎样过好年？我觉得如今应这样过年：

一要定好计划，过个鼓劲年。不管是村上或家庭，对过去的一年都要回头望，看全年都做了些什么？增收项目是什么？增收幅度有多大？哪些项目“可持续发展”？继而提出新打算，新年重点抓什么？特别要在过去几年里增收幅度大、成效很显著的短平快项目上下功夫，继续干下去，取得更大收获。举家团聚过大年，不能光围着“盘子”转，重要的是要围着算盘转。通过筹谋计算，算出决心，算出干劲。在新的一年里，要有新打算、新姿态、新气象、新风貌，干出新成绩。

二要移风易俗，过个文明年。要倡导文明新风，用新的春节文化过好大年。村上可组织群众排演喜闻乐见的秦腔、秧歌、社火等文娱节目，搞些体育竞赛活动；借在外工作人员回家过年之机，可召集他们开座谈会，请他们提供智力、财力支持，促进村上经济发展；可以请有关技术人员、土专家讲务果经验，组织果农搞果树冬剪；可以走亲访友，看望长辈老者，互相交流致富经验，祝福他们安康长寿；有手机的，可互致问候或发短信拜个年等。一句话，要过一个富有新意的年，过一个大有裨益的年。

三要家庭小结，过个祥和年。家庭成员在不同岗位、不同地区工作忙碌了一年，或鼓起腰包凯旋归来，或作为不大平庸回家，或生意失败走了麦城，都有自己的经验和教训。所以，作为一家之长，要主持开好家庭会，让大家都坐下来，轻轻松松找差距，高高兴兴过好年。找找成功的秘诀，查查失败的原因，互相帮助，共同勉励。家里在外工作的人员更应带头“过电影”、作总结，看看自己一年来为国为家做了些什么？得失都是什么？在家庭会议上，大家都要开诚布公、以诚相见，以便在新的一年里取长补短，更上一层楼，做出更大成绩。

（写于 2005 年 1 月 23 日）

农村干部应提高知“民”度

民者，国之根也。农民，是我们的衣食父母。政之所行，在顺民心。为官必先知民，知民先要爱民。因此，广大干部特别是县、乡、村的各级领导干部，在努力提高所管地区知名度的同时，更要时刻注意提高自己的知“民”度。

知民，就要知情。了解农民群众想什么、干什么，这就要求各级干部“沉”下去，深入田间、村庄，以虚心求教的态度，与农民同甘共苦，结成朋友，掌握实情。只有这样，才能对农民的冷暖了如指掌，对田间的“风云”体察入微，也才能号准农业这根“脉”，调准农村这根“弦”。切忌居高临下，盛气凌人，哼哼哈哈，指手画脚，像水上的葫芦，浮而不实。

知民，就要为民办事。农民最重现实，最讲实惠，不看你说得如何，就看你做得怎样。如果你帮他们做了几件与生产、生活相关的实事，诸如解决路的问题、水的问题等，他们就会把你视为亲人，你也会感到心里踏实。如果你名为下乡、蹲点、调研，实则坐着小车转，隔着玻璃看，时间到了吃顿饭，一看一转，一走了之。这样，农民必然会怨声载道或嗤之以鼻。

知民，就要乐于为民。当年焦裕禄为了兰考人民，带病工作，忘我奋斗，鞠躬尽瘁，死而后已，他是当之无愧的楷模，是真正的人民公仆。我们呼吁提高农村干部知“民”度的目的，就是要真心实意地亲民、爱民、为民。时刻吃苦在前，享受在后，乐于奉献，不计较个人得失。这样，才能得到人民的拥护和爱戴。

（写于2005年5月9日，发表在2005年6月16日的《咸阳日报》上和2005年7月1日的《农业科技报》上）

三赞果品经纪人

在负责彬县果品营销工作的几年中，我对活跃在农村广阔天地里的果品经纪人队伍刮目相看。这支队伍在彬县有1600多人，业务量达亿元。这支被誉为果品营销“轻骑兵”的队伍不可小觑，他们为农村经济发展和农民增收立下了汗马功劳，值得点赞。

一赞他们一手牵生产，一手牵市场，牵动了果业经济大发展。这些经纪人，善于捕捉市场信息，长于了解当地行情，精于研究本地果品。不管是沿海还是内陆，哪个城市需要什么类型的果子，哪个村庄生产什么质量的果子，他们了如指掌，可以得心应手地对口购销，使双方各取所需，既方便了果商，又促进了当地的果品销售。

二赞他们一手拉果商，一手拉果农，拉长了果品流转链。他们一般采用“市场＋经纪人＋农户”的模式，从事经纪活动。一个经纪人既联系着几户、几十户甚至上百户果农，又及时联系着各地的多名果商。一到金秋果品收获时节，商客云集，他们便开始了商品与货币的宏观流转，使果商购果增值，有利可图；使果农劳有所得，因果致富。像彬县西坡乡（今北极镇）资深经纪人李进元，从业十几年，每年广东、江西、湖南等省的数十名果商非找他不可，经他介绍售出的当地果品每年上万吨，群众称他是“放心的经纪人”。广大农民正是通过经纪人这支传、帮、带的队伍，紧紧握住了市场这只“看不见的手”，从而走上了致富路。

三赞他们一手抓生产，一手抓经纪，抓住了致富好机遇。经纪人这支不脱产的促销队伍，在春季农忙时精心作务自家果园，并对周围果农的疏花、定果、套袋、施肥、打药等进行指导，农民熟悉他们，也信任他们。他们根据市场需求信息，提供生产作务意见和各个管理环节的技术咨询，果农都乐意按经纪人的意见和技术信息管理果园，改进务果技术。当早、中熟果品上市时，经纪人怀揣“经纪人证”，骑着摩托车就上阵了，真是两手抓、两不误，既带动了十里八乡群众的果品收入和劳务收入，自己又取得了果品、佣金的双丰收。像义门豆俊利、新民郑民旺等人，每年仅中介收入就达几万元。

（写于2005年10月20日，发表在2005年12月8日的《咸阳日报》上）

《皇涧流云·续集》序

曾受到农业部表彰奖励的高级农艺师徐胜利先生的又一散文集《皇涧流云·续集》即将付梓，他要我为书作序，我欣然动笔，主要是他的人品、文品打动了我。

徐胜利先生自2010年以来，先后出版了《夕阳岁月》《夕阳岁月·续集》《夕阳岁月·叁集》和《皇涧流云》。4本书加起来30多万字，发行近1万册，社会反响很好。这些作品，从人文情怀、自然生存、思想哲理等角度，科学观察、正确思考自然、社会、政治、人生等问题，既褒扬了一批不同界别、不同行业人士的奉献精神和业绩，又赞美了一些退休老同志的生活、处世和养生情趣。作品文笔洗练、流畅、幽默，既蕴含生活哲理，又展现爱恨情结，文字不刻意雕琢，有百谷之清香，味虽薄而香醇，读来使人身心愉悦。我有闲暇，就想翻阅，一打开书，就不想停歇。书中的正能量，文中的人和事，给人启迪，给人力量。

这4本书中都有“人物篇”，徐胜利先生巧用笔墨，以人带事，以事系人。所追述的人，不论身份高低，不管行业怎样，注重挖掘其闪光点，向社会传递正能量，催人奋进。例如在《夕阳岁月·叁集》中写到的年过九旬的杨颐寿老师，引起了人们共鸣。杨颐寿老师数十年如一日，严谨治学，精心育人，不图名利，潜心教育。无论是顺境还是逆境，他都坦然面对，为彬县体育教育事业发展做出了突出贡献，两度被省委、省政府评为“陕西省劳动模范”，当选为陕西省第六届人大代表，被评选为全国农村优秀教师，受到党和国家领导人的接见。正是通过对这位老教育工作者的采访和退休前后生活的记述，使彬县人特别是广大教育工作者肃然起敬、赞美有加，真正在教育界竖起了一支标杆。在《夕阳岁月·叁集》中，对雷宗中教授的记述，同样有很强的感染力和说服力。雷宗中教授在彬县20多年，也算是半个彬县人了，他 1983 年来彬县，视此地为家，爱果如宝。身为省农校教务长的他，总是“沉”下身子，步入果园，不辞劳苦，不惧寒暑，晴天一身土，雨天一身泥，全县的果园都留下了他的脚印和汗水。作为彬县优果工程首席专家，他帮助县上制定了《彬县苹果基地建设规划》，亲笔编写了 40 多万字的果农培训教材，既把果农集中起来系统讲授园艺理论，又深入果园现场释疑、边讲边练；既抓好示范园，用典型引路，又在小章镇设立科技咨询点，及时向果农提供技术服务，帮助彬县建立起 20 多万亩苹果基地和 10 万亩彬州梨基地。他 1995 年被评为享受国务院特殊津贴专家，2007 年被评为陕西省科技、文化、卫生“三下乡”先进个人。彬县今天成为果业大县，雷宗中教授功不可没，这样的科技功臣，不写就是一种缺憾。还有对舒德干、郑景选、黄金来、查彬玲、邵启荣、朱民乐、崔德儒、董双锁、高三民等人的记述，都写得很真实很感人。

本书的“幽默篇”，可谓亮点所在，使人百读不厌。作者寓爱与憎、褒与贬的鲜明态度于诙谐中，将那些轶闻趣事、人情世态刻画得淋漓尽致，入木三分，妙趣横生，引人入胜。文学大师钱锺书先生说过：“一个真正幽默的人必定别具慧心，既能欣然独笑，又能灿然微笑，替沉重的人生透一口气”“你的幽默是你以愉悦表达自己的方式。它表达的是你的真诚、善意和爱心。”事实上，从容才能幽默，平等待人才能幽默，超脱才能幽默，游刃有余有余才能幽默，澄明透彻才能幽默。也就是说，浮躁难以幽默，装腔作势难以幽默，钻牛角尖难以幽默，迟钝笨拙难以幽默。“幽默篇”的确是散文中的精品，读后让人在愉悦中鉴识，在大笑中思考。

我常想，秉性豁达、做事干练的徐胜利先生已年逾七旬，何以如此心志、如此精力爬格子、下苦功呢？这大概就是文人的使命吧！我比他小得多，人们都劝我从 30 多集手稿和已发表的一二百篇作品中遴选结集出书，我总觉得有削足适履之嫌，一搁再搁，加之要对官方、个人的专著、文章编审、修订，感到劳顿。相比之下，我就不由得哂笑自己。看来还是智者寿，正像余秋雨先生所言：“任何一个真实的文明人都会自觉不自觉地在心理上过着多种年龄相重叠的生活，没有这种重叠，生命就会失去弹性，很容易风干和脆折。”我们有时在阅读泛黄的名著古籍时，耳边就立马响起一批文人、学者放达的脚步声，苏东坡曾把这种放达称之为“老夫聊发少年狂”，其实他不是老夫，是年才37岁，他是同时在享受着老年、中年和少年，日子过得有滋有味。所以，精神和身体的统一，苍老和青春的结合，学识和游戏的融合，可能才是人类从古至今苦苦企盼的吧。

显然，文化的魅力是无穷的，文明的感染力是永久的。彬州历史地理、古老文化的真实步履和落脚点就在两塬夹一川、“山二川三沟蹙五，山大沟多窄川布”的1000多平方千米的土地上。祖祖辈辈生长在这里的泾河儿女，长期被此地的文化所熏陶，形成了高尚的精神和文化修养，徐胜利先生正是如此。文化，想摆脱也摆脱不了。无论在什么地方、干什么工作、到什么年龄，总有这种文化气压包围着我们，使我们心生感动，使我们笔耕不辍，从而在一个战壕里苦乐与共，结伴而行，为彬州文化的延伸而不懈探索、助力！

我看到，徐胜利先生已把写作与自己的人生目标进行了“焊接”。祝愿他“老骥伏枥，志在千里”，在健康、快乐的前提下，继续有新作问世！

（本文是2012年12月2日应邀为徐胜利《皇涧流云·续集》所做的序）

人口理论古今谈

关于人口理论，一直是经济地理学家、人口学家、社会学家和经济学家研究的问题，也是有关部门及社会各界共同关注的问题。特别是在当今我国人口形势比较严峻的情况下，人口理论问题引起了人们的广泛关注，引起了人口问题专家的极大兴趣。

其实，古代思想家早就注意到人口问题了。春秋时代的墨子，开创人口理论之先河。因为那时战事频繁，赋税沉重，人民“饥寒冻馁疾病而转死沟壑中者，不可胜计也”（《墨子·非攻上》），致使人口减少，田园荒芜。墨子看到劳动力缺乏对发展生产直接造成影响，指出“然则土地者，所有余也。王民，所不足也”（《墨子·非攻中》）。所以墨子坚决主张早婚，禁蓄私、非攻、减轻赋税、短丧薄葬，以此来增殖人口，发展生产。越王勾践和梁惠王、秦孝公，都曾强力推行人口增殖政策，他们的目的是为了战争需要。到了战国时期，商鞅突破了春秋以来单纯追求人口数量的做法，强调人与土地的比例关系，提出了“相对人口过剩”的问题。在此之前，《管子·言霸篇》曾提到“地大而不为，命曰土满。人众而不管，命曰人满。兵威而不止，命曰武满。三满不止，国非国也”，但没有提出解决人口相对过剩的办法。当时，秦国“方千里者五，而谷土不能处二，田数不满百万。其薮泽溪谷、名山大川之材物货宝，又不尽为用，此人不称土也”。相反，邻近秦国的三晋却“土狭而民众，其它三居而并处……民上无通名，下无田宅……此其土之不足以生其民也”。面对这种矛盾，商鞅作为一代改革家，提出的解决办法是：民胜于地者，开拓疆土；地胜于民者，招徕移民。

战国末年的韩非，发展了商鞅的相对人口过剩论，认为现实的问题不是人口稀少，而是人口过剩。他说：“今人有五子不为多，子又有五子，大父未死而有二十五孙，是以人民群众而财货寡。”并将当时社会动乱原因归之于人口过剩，指出古时“人民少而财有余，故民不争。虽信赏累罚而不免于乱”。不难看出，韩非离开当时社会的基本矛盾而去寻找治乱的原因，当然无法得出正确结论。但他已模糊看到在生产力没有得到充分发展的前提下，人口增加了而社会财富没有增加，人民群众的生活水平就会降低这一问题。到东汉末年，徐干明确指出要把人口问题作为制订国家经济政策的基础。他在《中论·民数》中说：“国以之建典，家以之立度，五礼用修，九刑用措者，其惟审民数乎。”可见，他们离开生产方式，抽象地谈人口问题，难免有所偏废，而且他们研究人口问题的根本出发点在于“治民”。

我们今天研究人口问题的初衷与他们截然不同，我们是以马克思主义的人口观为指导，通过研究人口理论来有效地控制人口增长，提高人口素质，目的是为了使人口增长与生产发展保持一个适当比例，以造福广大人民。从中华人民共和国成立初期到20世纪70年代，我国每年人口自增率为22‰，有些年份在25‰以上，到1978年人口自增率下降到12.5‰，仍高于世界上很多国家（1977年，美国人口自增率为6.5‰，加拿大为8.3‰，日本为9.3‰，法国为3‰，英国为0.1‰，西德为−2‰）。自20世纪80年代我国大力提倡计划生育，人口自增率有所下降，人口按计划增长，人口理论研究取得丰硕成果。即便如此，古代思想家关于人口问题的一些真知灼见，对于我们今天仍然有一定的借鉴作用。

《守望——我的教育手记》序

利民同志的《守望——我的教育手记》就要出版了，我为他高兴，并向他送上我的祝贺！

在一次应邀参加的校园聚会上认识了利民，他给我留下了深刻印象。这位年轻的“老”园长首次出书，要我为书作序，我虽觉盛情有加，但总觉让域内教育行政长官写更合适，可泾水局长倒站到利民一边非叫我写不可。于是，就像为别的书写序一样，我欣然命笔了！

之所以为这本书作序，说到底是爱此书和作者。因为在应邀审读这本书的数月里，我认真看了两遍，有的篇章反复阅读推敲，连标点也琢磨再三。利民的为教、为人、为文，确实感动了我。他好学善思，精明能干。他受过教育，教过几年学生，当过多年校长，写过好多文章，严于治校，乐于为文，对幼教、普教都很在行，有自己的治学治校见解和方略。他在十几年的教育实践中，摸爬滚打，奋力前行，对教育事业充满挚爱，教学中恪尽职守，日常管理一丝不苟，把一个才创办两年多的幼儿园办得红红火火、有模有样，两年跨了两大步，打着跟头往上翻，将此园办成陕西省级示范幼儿园。

殊荣背后必然是利民辛勤的汗水和无私的付出。尽管如此，他依旧马不停蹄，笔耕不辍，文章连连见诸报端，以至集结成书。这其中如没有毅力、耐力作支撑，是万万做不到的。

一代领袖毛泽东说过：“实践出真知，斗争长才干。”正是利民对教育工作的执着守望，才写出了这本教育专著；正是他多年在教育一线历练，才形成了对教育的深入思考。这不是偶然的，是他长期教育教学及日常管理经验的积淀，是他心血的凝结。文字是载体，是我们灵魂的栖息地。文字在我们手里使用时，会带上每个人的价值观和素养，也会带着很个人的气息和见地。走进这本书，就像走进了彬县改革开放以来的教育历史，鸟瞰着辽阔的教育天地，遨游于闪烁的智能星座之间，享受一个诱人的精神道场。书中的每篇、每段、每句、每字，释放的是作者的心声和期盼，折射出照耀教育领域的文化光芒。

遥想20世纪80年代中期，我在条件异常艰苦的情景下领衔撰修《彬县教育志》的时候，怎么就没有此类书让我参考，于是遗憾地留下了我县教育类人才著书论教育的空白。即便是后来我担任《彬县志》执行主编以至2014年在审定续修本县教育志时，这个空白依旧存在，现在不复存在了。

教育关乎千家万户，它面广线长辐射宽，是人们普遍关注的重要行业。尤其是21世纪以来，随着社会的进步，改革的深入，文明程度的提高，人们越发重视子女的教育问题。这样，教育探索、教学研究就迫在眉睫，教育工作者更责无旁贷。教育工作者不仅要传道、授业、解惑，更应摸索、研讨、思考，真正成为教育教学的行家、专家。

近日，我应邀在一所县属名校为教职工做报告时，也提到这个问题，引起大家的共鸣，特别是学校的领导们。如果大家都像利民这样，边工作、边思考、边总结，一门心思搞教育，静下心来想问题，课余闲暇时间写文章，那我们就收获了别样的教育成果，而且于己于校于县都有益处。我期待看到教育界更多的著述，更期盼分享利民后续的丰硕成果！

第／四／辑 诗歌

黄土高原把根扎

（1975 年 9 月 4 日）

黄土高原把根扎，
广阔天地课堂大。
白天种田在山坡，
夜晚学习油灯下。

黄土高原把根扎，
乐为革命种庄稼。
马尾梁[①]上迎朝阳，
南岭坡[②]硷送晚霞。
手磨厚茧脸晒黑，
思想感情大变化。

黄土高原把根扎，
风口浪尖来摔打。
不做温室一朵花，
要当赛场千里马。
不做燕雀居檐下，
要做雄鹰翱天际。

①指黄畔村杨家那一个形似马尾巴的黄土梁，约 1000 米长。
②指杨家那的水平梯田，也泛指黄土高坡。

黄土高原把根扎，
接受教育收获大。
立下终身务农志，
誓叫山乡美如画。

再见了，师大[①]！

（1980年）

再见了，师大！
你屹立在古老的都城，
你是高校园林中一颗璀璨的明珠。
在你的怀抱中，
我幸福地度过了美好的时光。

再见了，师大！
在你偌大的操场上，
我们疾跑的脚步声，
唤醒了一个个绚丽的晨曦。
在你花园般的校园里，
我们琅琅的读书声，
昭示了一个个向上的希望……
酷夏，滴滴汗水洒在洁白的纸上，
化作智慧升华。
寒冬，口中吐出缕缕白色热雾，
化作理想飞腾。
春天，我们播种，
秋天，收获成果。

①美好的大学生活，难忘的师大校园，陕西师范大学滋润了笔者的青春岁月，给予了笔者丰富的地理学知识。完成大学学业要离开的时候，笔者深情依依，思绪绵绵，热泪滚滚，有感而发！

远大的志向从这里起步，
让知识服务人民，
为祖国奉献人生。

再见了，师大！
带着你给予的无价之宝，
怀着对你的眷恋之情。
离开你——
也许我战斗在江南水乡，
也许我扎根在渭北高原，
也许我站在三尺讲台，
也许我致力于农业发展。
无论我去哪里，
决不会忘记你那无私的恩赐，
你那深深的厚爱。

再见了，师大！
别离之时，
你可知我们的难舍之情？
因为——
这里有我们美丽的校园，
这里有我们敬爱的老师，
这里有难忘的日日夜夜，
这里有城南的雁塔晨钟。
让我再亲吻你一下，
并深情地道一声：
再见吧，师大！

祖国山河多么美丽[1]

（1985年9月26日）

祖国山河多么美丽，
神州万里广阔无垠。
青藏内蒙云贵黄土，
四大高原十分壮丽。
五大名山[2]两大岛屿[3]，
风景如画山河壮丽。
冰山雪莲寒冬怒放，
江南金桂沁人心脾，
东北石油山西“黑金”，
大冶铁铜个旧藏锡。
祖国富饶矿产丰富，
我们真正爱在心里。

祖国山河多么美丽，
幅员辽阔景物奇异。
珠江长江黄河黑龙江，
两岸田园肥沃无比。

①笔者为某学校庆祝国庆的诗歌朗诵会而写的诗歌。
②五大名山是泰山、华山、恒山、衡山、嵩山。
③两大岛屿是台湾岛、海南岛。

三大平原[4]四大盆地[5]，
盛产小麦棉花稻米。
北方冰封雪花飞舞，
南方艳阳春意盎然。
西部人们刚刚起床，
东边已经朝阳升起。
祖国辽阔多么可爱，
我们真正爱在心里。

④三大平原是东北平原、华北平原、长江中下游平原。

⑤四大盆地是四川盆地、柴达木盆地、塔里木盆地、准噶尔盆地。

请君到咱彬县来

（1986 年 6 月 6 日）

请君到咱彬县来，
领略今朝好风采。
农业摇篮美如画，
稼穑跨进新时代。
水电火电资源广，
“黑色金子”遍地埋。
泾河大桥[1]腾空起，
千年天堑变通途。

请君到咱彬县来，
彬人好客古风在。
黄酒觌枣彬州梨，
中外驰名美名传。
罗店柿子泾滩瓜，
南塬核桃惹人爱。
绵土种得烤烟壮，
“古驼”[2]誉满省内外。

①指火石咀泾河大桥，即现在的千狮桥。

②指厂址设在彬县的咸阳卷烟厂生产的“古驼”牌香烟，畅销省内外。

请君到咱彬县来，
名胜古迹壮情怀。
《诗经·七月》传古今，
周公监军首一寨。
丝绸古道途经地，
魏晋艺术展风采。
东有公刘人祖墓，
南有苻坚殡身台。
满目美景不胜看，
四化宏图待英才。

到任新书记[1]

（1995 年 5 月）

一头汗，
两腿泥，
那是果农吗?
寒冬在剪树!

像二牛，
似大虎。
咦，又不像，
还是跑去看清楚。

哟！竟是到任新书记，
当年高才生，
来村搞调研，
帮农务果子。

见此情，
深感触：
“你现在是咱父母官，
咋还能吃这般苦？”
书记听罢微微笑，

①这是笔者 1995 年初被派往太峪乡（今太峪镇）担任党委副书记时，下乡检查工作，晚上在拜家河村写就。

朴实言语令人服：
“我要做好领头羊，
甘当人民好公仆！”

哭 儿

（2008 年 6 月 21 日）

儿啊，
你是否看见，
十二年后的今天，
父亲终于拿起沉重的笔，
蘸泪水泣书，
用心血追悼！

儿啊，
你如果有知，
莫怨为父缅怀太晚。
原因没有别的，
只缘为父心伤还未痊愈。
每想起我儿你，
悲痛淹没一切。

儿啊，
你未必知晓，
一九九六年的秋天，
你妈挺着大肚子去上班。
突然传来消息，
顷刻惊愕父亲我，
你要急赴人间。

儿啊，
你可否知道？
你当时降生在城区医院，
好长时间不愿睁眼。
是心存怨恨闭目以示？
还是想再多休息几天？
患病之夜却哭伤父肝。

儿啊，
你想得开吧？
不必怨人恨天。
也许你急切想来这个世界，
渴望父子团圆；
也许为父福薄运浅，
我们父子匆匆一见就散。

儿啊，
你是否明白？
你的离去实乃家难！
犹如晴天霹雳，
更如长空降下无情剑。
斩断咱们父子情缘，
给我留下无限思念！

儿啊，
你含悲而去，
对亲人的世界造成天塌地陷，
确属为父平生大难。
我也曾诅天咒地，
怨日月枉然高悬，

怎忍杀我一介布衣善男。

儿啊，
你是否知道？
你蓦然告别人间，
给尘世留下多少遗憾？
给父亲多大精神多大摧残？
泪水在难熬的夜晚流干，
头发在日思夜想中似霜染。

儿啊，
你否知晓，
你早在母腹时，
父就为你起名延平，
以图永续血脉。
此名知者无几，
它在父心中铭刻永镌！

儿啊，
你是否知道，
父对你寄予厚望？
早已为你设计好美好人生，
用身躯为你撑起一片蓝天。
你却别父而去，
独留一片伤痕于我。

儿啊，
你涉世太浅。
人世间有好多磨难，
唯有人到中年丧子，

是最大的身心摧残！
十几年为父身心憔悴，
缘由无非想儿伤肝。

儿啊，
你不要挂牵。
父已从太峪回到机关，
你姐已学成在职，
你弟已开始读书，
你母供职县级部门，
唯有儿你在另一地天。

儿啊，
你复杂点想，
你本来就是天堂骄子，
却不幸落入多难的凡间。
引来万物嫉妒，
于是你匆忙回返，
竟没顾得吻父脸颊。

儿啊，
你放心走吧！
父会珍存你的梦想，
姐弟们会继承你的志愿。
儿你一路走慢走稳，
愿在天堂你永远平安！

儿啊，
你不会孤单。
每逢月圆星满，

父定朝南伫凝祈祷；
每逢节假之时，
也总是心祭情牵，
恨不能换儿返还。

儿啊，
你把心放宽，
在天堂你仍幸福美满。
有爷爷奶奶的百般疼爱，
有众多亲人的呵护保全。
为父目光常会照亮你的前方，
咱父子阴阳无隔甘苦相连。

儿啊，
你定仪态饱满。
因你传承父亲血脉，
骨子里有先辈的强悍。
想你已长成英俊少年，
来世立业济生，
一定才貌双全。

儿啊，
你要记住两件事：
若在他世有灵，
常给父托梦进言；
每逢佳节庆典，
父子约好梦里相见，
企盼来世重新团圆。

儿啊，

你一定知道，
父尽管政务繁忙，
一想起宝贝儿子，
不由痛楚难安！
今天一滴眼泪一个字，
悲感苍穹情感天。

读医书

（2010 年 4 月 29 日）

借医书，
晨卧读，
自由王国也漫步。
脉穴藏妙趣，
脑印笔至不马虎。

驱痼疾，
毕痛苦，
遍访医家难根除。
人体本药库，
破解密码渐娴熟。

泾河啊泾河

（2010 年 11 月 28 日）

泾河啊泾河，
你从源头匆匆走来，
一路历险克难，
跨越无数屏障。
在广袤的彬县大地上，
一展身手。
多姿多态，
阅尽古豳万象；
用浑身解数释放潜能，
为人类的富裕文明，
演绎出多彩的华章。

泾河啊泾河，
在地质历史的长河中，
你孕育生灵，
雕造精品，
引发人们丰富的想象。
偌大的牛轭湖和河心洲，
形成断泾村和龟蛇山。
更有引人注目的响淌，
留给人们世代观赏。

泾河啊泾河，
你宽敞的河谷，
回荡着历史的烟云，
飞扬着车辚马萧的回响。
公刘教民稼穑，
先民们刀耕图强。
都化为波浪中的声声话语，
反射出明镜般清亮历史。

泾河啊泾河，
你何至文化基因积淀甚长？
你哪里是一道河水流淌，
全然是渭北人的脊梁。
今天的小康社会建设，
沿岸治理固防，
你始终与人类和谐相处，
迸发出无穷的能量！

去范公高中做报告

（2011 年 10 月）

韶年教坛度，
常梦讲台站，
应邀解读豳州，
怀夙范公院[①]。
学府风景如画，
师生苦研砺志，
俨然探宝苑。
仲淹英灵在，
欣喜安九泉。

忆今生，
经沧桑，
历艰难。
春花秋月易逝，
真乃眨眼间。
悦行崎险曲径，
惯伴骇浪惊涛，
风骨依旧健！
尘霾[②]终归散，
辉煌耀众眼。

①指彬县范公高中。

②指前行道路上的障碍。

彬　魂

（2012 年 5 月 30 日）

一个豳国故邑，
一个古老州地，
曾经生灵涂炭，
曾经满目疮痍。
今似璀璨明珠，
如改革排头兵。
蝉联陕西十强县，
在渭北高原迅速崛起。
彬人沐浴阳光雨露，
翘指夸赞李建民书记。

在彬履职六年，
那不平凡的岁月里，
用心感知彬地温情，
用力激荡彬地潜能。
殚精竭虑一心为民，
夙夜在公淡泊名利。
汗洒工矿、田畴、校园，
踏遍山乡、沟壑、梁翼。
“三农”关乎国计民生，
最使他魂牵梦绕。
为使深沟挑水成为历史，

为使羊肠小道早日废弃，
为使农民腰包不再瘪扁，
为使群众病有所医，
他屡沉基层调研，
风雨无阻察民情，
攻坚克难苦奔波，
运筹帷幄破难题。
汗水换来甘泉涌，
心血浇铸路畅通；
“中国果品之乡”誉满华夏，
彬州梨不再沉寂。
新农合在三秦率先垂范，
农民不再为大病愁烦。
孤寡老人脸上洋溢笑容，
城乡敬老院温馨惬意。

看今日彬州大地，
煤化园区牵领辐射，
产业链条不断延伸，
工业经济迅猛发展。
最抢眼泾河防洪大堤，
大屏障大风景，
大气魄大手笔，
它圆了几代彬人梦，
它使泾河不再狂傲无羁。
县城高层建筑鳞次栉比，
雨后春笋般拔地而起。
彬县成为花的世界，
处处充满生态环保气息。
人民幸福指数不断攀升，

城乡面貌日新月异。

这林林总总，
这桩桩起起，
浸透着他辛劳的汗水，
彰显着他不朽的业绩。
人民称他“改革发展的领头人”，
更视他为彬魂知己。
他使彬县走向全国，
他使人民幸福无比！

第／五／辑　其他

是谁到咱山区中学来

同学们欢迎哎，是谁到咱山区中学来？他风华正茂满脸笑，朝气蓬勃有气概。一身学生装呀，书籍随身带，备课试教深钻研呐，从教路上志不衰，那个从教路上志不衰。看他呀，就像北山人，这生活多愉快。咦儿呀咦儿呀，你们猜，你们猜，是谁到咱山区来，是谁到咱山区来？

同学们欢迎哎，是谁到咱山区中学来？他风华正茂满脸笑，朝气蓬勃有气概。一颗火红心呀，一盏小油灯，联系实际学马列呐，油灯没熄东方白，那个油灯没熄东方白。但他呀，精神更抖擞，红头顶上大迈步。咦儿呀咦儿呀，你们猜，你们猜，是谁到咱山区来，是谁到咱山区来？不用猜，不用猜，幼苗出土任党栽，他大学毕业立壮志，热爱教育进山来呀，热爱教育进山来。

同学们欢迎哎，是谁到咱山区中学来？他风华正茂满脸笑，朝气蓬勃有气概。三尺讲台上呀，知识闸门开，为了“四化”做贡献呐，洒尽心血育人才，那个洒尽心血育人才。看他呀，辛勤的园丁，栽出鲜花开不败！咦儿呀咦儿呀，你们猜，你们猜，是谁到咱山区来，是谁到咱山区来？不用猜，不用猜，幼苗出土任党栽，他大学毕业立壮志，热爱教育进山来呀，热爱教育进山来。

（1978 年 6 月 7 日为地理系欢送 78 届地理专业毕业生文艺晚会演出而作）

扩建南街小学碑文

彬县自古重视教育，改革开放以后尤甚，各级重视，科教兴彬，上下联动，多方捐资，建校修舍，力掀高潮。九十年代第八春，镇村动员，改造旧城，拓宽南街，扩建本校。城关镇党委、政府尽力协调，筹资四十万元，海升集团资助七十万元，于一九九八年八至九月修建。南街村两委会全力配合，组织施工，鏖战两月，建成投用。新校傲立街旁，蔚为壮观，师生欢喜，备受鼓舞。为激励后来人，铭怀有功者，特立此碑，以垂永记。

（应南街村“两委会”之邀于1998年10月4日撰写）

黄畔村村碑文

黄畔，位距县城约二十千米，东邻师家河，南接福托村，西连庙岭村，北依上黄畔。由刘家咀、杨家那、李家沟圈、山后堡、孙家山五个自然村组成，辖九个村民小组，五百二十户，两千三百余人。耕地三千一百多亩，塬地居多，农以果粮为主。

村名渊源有二，一说唐末黄巢起义大军行此，见自然、人文环境俱佳，便安营扎寨，就地休整，划地为畔；一说史上黄、盘两族居住，后因谐音呼之。本村自周以来素为行政村，中华人民共和国成立后成立了初级社、高级社，一九五八年成立生产大队，一九八四年改设村民委员会至今，一直归义门镇（区、公社、乡）管辖。黄畔人杰物华，民风淳朴。杨喜成、辛牛娃为国捐躯，名垂青史；一批贤达名士为国、为村做出贡献。特别是二〇一一年成立的黄畔外联会扶贫济困，敬老助残，情系故土，无私奉献，受到社会广泛礼赞！

二十世纪七八十年代以来，村发展步伐加快，基础设施逐步改善，各项事业快速推进，群众生活水平明显提高。全村干群勠力同心，趁势前行。黄畔的明天会更好！

楹联

平生心地善良　一世性格刚强

辞旧岁思亲人年年除夕坐堂上今年何不见
迎新春仰遗容时时教诲记心中斯世永难忘

——1980 年春节追念先父撰

为民执教园丁好辛苦　为国苦学桃李多芳香

——1984 年元旦为郴县水口职业中学题

暖风满舍春来早　瑞气盈园燕归迟

——1987 年除夕题于故居大门

亲朋有泪流知己　兄弟同声哭高堂

——1988 年为村友悼念亡父逝世 3 周年撰

抓改革创大业振兴郴县　搞开放奔小康造福黎民

——1993 年 2 月 2 日为郴县举办的元宵节撰

解放思想励精图治　深化改革兴县富民

——1993年4月27日为彬县第十一次“党代会”撰（县第十一次党代会当时在彬县大礼堂举行，此联贴于主席台两侧）

痛悼胞姐洒热泪　恭献挽幛寄哀思

——1993年11月28日为大姐逝世撰

输出能源煤与电　献给祖国热和光

转变电厂经营机制　提高企业管理水平

——1994年1月3日为彬县朱家湾电厂开业撰（以彬县县委办公室名义为县级企业撰联，时任彬县县委综合组组长）

药良效佳令患者满意　货真价实对人民负责

——1994年1月3日为咸阳制药厂开业撰

彬塔旁听改革曲　泾水畔奏秦之声

——1994年8月13日为彬县首届群众秦腔演唱会撰

紫气萦楼宇　恩泽惠子孙

——为表姐计芶丹新楼落成撰

哭慈母情深似海　祭亡灵恩重如山

——2000年为族人杨智海之母逝世撰

凭信誉赢得八方满意　靠技术送去一身潇洒

——2001年1月8日为侄女惠萍蒙妮纱服装店开业撰

思容思语思教诲　想父想母想亲人

春来滋物留晖远　节至思亲洒泪多

——2001年1月17日春节追念父母撰

喜度双节共议发展大计　欢聚一堂同绘建设宏图

——2001年9月25日（农历八月十五）为火石咀加油站举办的联谊会撰

德高荫泽远　恩厚继世长

长观龙山风水　笑对福海祥天

——2002年农历三月二十一日为父母立碑撰

货架上下尽显人性关爱　大楼内外洋溢祥和温馨

——2003年秋为彬县东风百货大楼超市开业撰

五十早逝给后人留下无尽悲和痛　一生无休为家庭付出多少汗与情

——2004 年挽三嫂逝世

苹果二十万亩绽放笑脸迎商贾

彬州三十万人伸开双臂接贵宾

——2004 年秋为彬县果业局筹办咸阳市果品观摩现场会撰

山环水绕吉祥址　璃索福至温馨楼

——2005 年 4 月 25 日为彬县果业局家属楼封顶撰

千里姻缘一夕会　半生结缡百年亲

——为表弟效祖长子元恒结婚撰

七十二岁生涯做人直正无私无畏知史谙礼子女亲友无尽思念

二十七年支书为官清廉有胆有识通古晓今镇村民众有口皆碑

高功当载千秋史　众望永怀万民心

——2006 年农历十一月初九挽老兄尚（少）勋

竖千年柱　架万代梁

——2007 年秋为侄继浩建造新宅撰

难忘春晖浴寸草　何堪浊泪泣萱堂

——挽继浩母

新人新事新景好　彬地彬风彬情长

——为北极镇新景村表弟效祖幼子结婚撰

两塬结缘确有缘缘分绵绵　三代共喜真是喜喜气洋洋

阳春办喜事春色添锦　陋棚坐贵宾蓬荜生辉

——为侄烈平次子富江结婚撰

辛劳十余载　汗铸一本书

千辛万苦终成卷　千锤百炼始得金

——2008年8月8日为彬县县委、县政府举行笔者《彬州地理》首发式撰

俊埠营车技超众　平川管站才拔群

——2011年春节为火石咀加油站站长王俊平撰

泾水泣咽诉伤悲　彬山垂首寄哀思

一世光明磊落　毕生清正廉洁

——2011年6月11日挽族人杨宏江之父

成才何论长与幼　创业还需德兼才

——2011 年秋为城关镇西沟村青年曹小强预制厂撰

率千军治水输电　为万民造福送安

——2011 年冬为程家川水电有限责任公司经理李军和撰

勠力拼搏创宏业　励志奋发兴科学

——2011 年冬为彬县馨香饮食有限责任公司经理杨宏科撰

迁新宅过新年年年安泰　别旧舍辞旧岁岁岁吉祥

龙腾狮跃喜无比　燕舞莺歌乐有余

——2012 年于故乡新居撰

万山靓柿成佳酿　千杯香饮蕴风流

——2012 年 1 月 3 日为彬县馨香饮食有限责任公司撰

给彬地交通助力　为祖国发展加油

——2012 年 1 月 20 日为彬县火石咀加油站撰

择居适值喜庆岁　乔迁恰在艳阳天

——2012 年 6 月 15 日为侄女惠萍乔迁新居撰

效力桑梓一世苦　奋战彬地半生忙

——2012年冬为姨兄计效亭居室撰

勒碑抆泪悼家父　镌文追思寄哀情

——2013年4月应杨波之请，为亡父杨彬平逝世3周年立碑撰

有梦有为有志气　爱国爱党爱家庭

——2013年为族孙西怀的儿子结婚撰

烈情助我除旧舍　平气扶人筑新楼

——2014年为侄烈平楼房封顶撰

引万道清泉浇祖国花朵　倾满腔热血铸人类灵魂

——2015年春节为彬县实验小学撰

马去羊来时序转　辞旧迎新喜庆多

——2015年春节为彬县县政府家属楼撰

真情装点故乡地　爱心扮靓黄畔天

——2015年正月初十为黄畔村外联会组织召开的扶贫敬老大会撰

彬山披霞映鑫居　泾水荡波润门庭

——2015 年 12 月中旬为房华长子房明结婚撰

心洁如玉真情永在　似水涓流爱河长存

三阳开泰人安泰　四世同堂喜满堂

喜酒喜糖办喜事　新楼新舍迎新人

——2015 年腊月二十二日为侄烈平第三子来江（刘沣）结婚撰

开足马力追梦　鼓足干劲运营

——2016 年春节为彬县火石咀加油站撰

馨溢香盈兆显事业兴旺　钰丰瀛富预示企业向荣

——2016 年春节为彬县馨香饮食酿造有限责任公司撰

彬山彬水彬韵浩荡　成功成墅成就辉煌

精心精建精致无比　巧手巧筑巧夺天工

——2016 年夏为刘彬成楼房封顶撰

一世恩爱山海重　百年伴侣天地情

——2016 年 12 月 7 日为杨宏科长子杨海强结婚撰

赤心迎来四面客　笑颜送走八方车

——2017 年腊月二十四日为彬县火石咀加油站撰

杨翠沼泽园流韵　龙翔亭榭鸟欢啼

崇尚德操八方颂　义荫乡里四邻歌

——2017 年 4 月 22 日为杨龙故居新建两亭撰

附录

我最尊敬的作家、书法家、地理学者——杨存时先生

杨存时先生虽过知天命之年，却依然精气神十足，颇具学者、文人风雅，对前来向他求字、索著、拜访者，总是面带微笑，态度谦和，目光和善。长期的接触，耳闻目染，我非常认同大家共同的看法：他为人低调，从不张扬，谦逊向善，思维活跃，善于思考，见地独到；他长期从政，政绩突出，笔耕不辍，著述颇丰。他已是中国地理学会会员，陕西省作家协会会员，陕西省书法家协会会员，西咸书画研究院副院长，但他依然为民奋笔，为社会做贡献。

少年时期的他，早慧聪明，悟性很高，学习成绩优秀，从一年级开始就当班长、少先队中队长。在读小学时，学校举办的各种大型活动中，他常代表全校学生发言。同时他自幼喜爱书法，毛笔字有一定功底，每当老师批阅作业时，都会用红笔给他的好多字划上圈，得“甲”。由于毛笔字写得很好，9 岁时他为老师结婚书写了婚联，多年以后还得到师母和村坊邻居的夸赞。升入初中后，由于刻苦学习，自我要求严格，学习成绩突出，他每年都被评为三好学生、优秀学生干部，受到师生一致好评。学校多次开会包括毕业典礼，他都代表学生发言，中考时，他成绩优异，夺得全校第一名。高中阶段，他开始文学创作活动，创作了多篇革命故事、秦腔小剧、诗歌等，深得语文老师赏识，学校推选他担任学校文艺创作组组长。高中毕业后，他坚持写作并撰写《黄畔村诗歌》一书并出版。他还主动号召回乡学生和青年，参加诗歌大赛，通过赛诗活动，带动了青年人写诗，激发了他们的创作热情，他像灯塔一样照亮了青年人的心。杨存时老师上学期间，一直严格要求自己，刻苦学习，认真踏实。特别是小学到高中期间，在吃不饱、

穿不暖的艰难困苦中，无论是酷暑炎夏，还是寒风刺骨的隆冬，他每天步行上学，风雨无阻，从不间断。他，就是这样一个执着的人，心中抱着远大的志向，为实现他心中的梦想，一直这样奋斗着，拼搏着。

上大学期间，他出类拔萃，成绩优异。当时正值“文化大革命”刚结束不久，学校狠抓教学，他奋力争先，严格要求自己，刻苦钻研，发奋努力，学习成绩一直很优秀，在校曾负责地理系的宣传工作，经常有文章在陕师大广播站播出，仿毛体书法作品在学校橱窗展出。他还曾担任陕师大外宾接待员。期间，他写的诗歌变成了铅字，有关文章常被电台采用或被老师当作范文阅读。上大学时，他绘制的《地理环境结构示意图》，被高校教材《水文学讲义》采用。毕业考试时，他门门90分以上，被评为陕师大校级三好学生。四年大学寒窗苦读，他获得了地理学专业知识，为以后研究区域地理学，写成《彬州地理》，以及著成多部专著打下了坚实的基础。

大学毕业后，在短短的几年内，在他所从事的地理教学工作中，因他扎实的地理专业知识、优美的教学艺术，受到师生和上级有关部门的赞赏。他的教学方法、教学经验在县内被广泛交流推广。杨存时先生培养的一大批学生如今在不同领域、不同的岗位上发挥着重要作用。至今学生见了杨存时先生，还纷纷对他当年的教学水平交口称赞。

人们称杨存时先生“半是学者半是官员”。20世纪80年代中期，当中等教育尚处萌芽探索阶段，他大胆写了《农职业中学应该怎么办》一文，发表在《陕西教育》等刊物上。文中共十条建议，得到主管省长和陕西省教育厅的肯定，并被教育厅采纳。此后他又根据当时高中教育和高考制度中存在的弊端，勇于发表个人意见，撰写《浅谈高中会考与高考制度改革》，被评为陕西省社科论文二等奖，数条谏言被相关部门采用。他在担任县委综合组组长期间，在调研、论证和反复思考的基础上，根据县域优势和资源特点，提出彬县应实行“飞鸟型”经济，即粮食生产是主体，煤炭资源开发和多种经营生产为两翼的发展格局，被县委认同并写进县委文件。

杨存时先生著作丰硕。1985年开始，率先在全省修撰专业志，在修志方法、体例上，选择了一条新路，是陕西修撰教育志最早的实践者。在政务繁忙之余，杨存时先生写了大量的古体诗，即将结集出版。他还挤出时间为《古彬在崛起》《奔向小康之路》等电视剧写了解说词，并写了许多政论文稿，每年基本形成一卷，至今达30多卷。此外，他还单独撰写出版了《彬州梨》等7部专著，撰写了《乡镇领导应具备怎么的素质》《浅淡彬州梨产业化问题》等论文和其他文章数百篇，约50万字，先后在《中国当代学者论文精选》《探索》《人民日报》《陕西日报》等数家报刊发表。他本人的事迹先后被《中国学者大辞典》《中国国情报告·专家学者卷》《中国当代学者风采录》《中国当代杰出共产党人》《中华优秀人物大典》等书收录。陕西人民广播电台等媒体，《咸阳日报》等报刊对他的政绩与研究成果进行了报道，他被誉为“学者型领导干部”。

杨存时老师的书法作品在当地颇有名气，初从柳、颜，继师二王，进而遍习古代碑帖，选临隶、行、草诸体，对怀素、米芾、诸葛亮、李铎、周慧珺等名家书法尤为倾心，并刻苦钻研。特别对毛泽东的书法他最为喜爱，少年时期就潜心仿练、研习，已有一定的造诣。他在长期的研习中注意形成个人的风格。新闻媒体和评论界称其为“学者型书家”“有出息的中年书法家”，谓其作品“功力深厚、洒脱飘逸、体势劲媚、富有变化”“引筋入骨、韵味悠长”“刚劲中含秀润，严谨中有生动”。20 世纪 90 年代初，他的书法作品在省、市大赛中获奖，1994 年获省级书法大赛二等奖。近年来他的书法作品在国内外有一定影响，部分作品作为礼品被送到日本和越南。

步入政界后，他肩挑重任，夙夜在公，务实为民。在太峪人民群众中，一提起杨存时先生的名字，人们都称他是“人民的好公仆”。人们感慨这位高才生，不留恋城市，扎根家乡的黄土坡，奉献着自己的青春和年华。他在乡上担任党委副书记时，针对个别村支书、主任撂挑，两委会班子瘫痪的问题，带领工作组进驻村上，把“政治强、处事公、年龄轻、文化高”的村民，选进两委会班子。针对群众反映干部多占土地、账务混乱等问题，及时解决，清退了多占的耕地，稳定了民心。针对拜家河村处于山沟之间，交通不便的问题，他通过多方筹资，建成一座石桥，方便了群众的出行，并为桥命名题字。他还率先在太峪乡（今太峪镇）推行“十星级文明户”制度，受到市、县表彰。他在城关镇工作时，依据优越的地理位置，提出了扩大种植蔬菜，建立商贸小区，使该镇经济发展加快，在全县首先建成小康镇；他主持县“四教办”工作时，针对乡镇干部实际，创造性地提出了“面对面、背靠背、实打实”的“学、查、改”方法，受到省、市领导的肯定，多次受到上级部门的表彰奖励。在县级部门特别是在档案、科技部门担任领导时，强有力地推动了我县档案、科技事业健康快速发展。

他的工作和创作突出一个“实”字，如同他的为人一样实在、可信、接地气，而且把写作与工作有机结合，相得益彰，相互促进。他曾回忆上初中时，对当时从西安来的一批知青的突出表现，印象深刻，高中毕业时创作了秦腔剧《龙脊岭上新一代》。他在果业局任职时，下乡检查工作时发现有的乡镇领导作风浮夸、欺上瞒下，便以《检查》为题写了讽刺性短篇小说。黄畔村一队有棵大槐树，他经常观察，写了《大树下》的散文诗，把农村人的新理念、新思维贯穿在作品中。他在李建民书记主持修建的泾河大堤上多次散步，写出了《泾河大堤》这篇较长的散文。杨存时先生通过他写的各种题材的作品，来反映他的内心世界，抒发爱恨情仇，讴歌时代变迁。他参加工作几十年，在不同的工作岗位上，殚精竭虑，拼搏奋进，为党的事业和当地经济、文化、社会发展做出很大贡献。但他始终淡泊名利，谦虚谨慎，为人坦然、真诚、大度，深受社会各界的一致好评。登门拜访他、请他作序、修改书稿的，他欣然答应，他甘做人梯、甘做铺路石的精神，让人们肃然起敬。他那宽阔的胸怀、热情的态度，在我的脑海里时刻萦绕着！

他，在我的心目中是最尊敬的人。

人民的好公仆

在彬县太峪乡（今太峪镇），一提起党委副书记杨存时的名字，人们都说他是“人民的好公仆”“放心的父母官”。这位陕西师范大学的高才生，不留在城市，却潜心奋斗在这黄土高坡上，而且是咸阳地区条件最差的高原山区。然而，他用才智和汗水写下了一件件感人的事迹，山川村寨留下他一串串闪光的足迹！

艰苦奋斗创业绩

1995年初，杨存时刚到太峪上任，一些熟人就“劝”他：“这里条件艰苦，事难弄，不如趁早离开。”他却坚定地说：“如果没困难，组织叫咱来干啥？艰苦中也有乐趣嘛！”坚强、执着的他，明知这里苦，乐在苦中干。他踏遍全乡沟岔塬峁，深入村户院落，了解乡情民意。掌握实际情况后，从战略高度提出太峪“稳粮、出煤、上梨、抓烟、促林牧”的经济发展思路，经党委研究后实施。

在具体工作中，他知难而上，力破难题。这个乡的北庄村是谁都摇头的“难缠村”。他率工作组进驻该村后，快刀斩乱麻，先从领导班子抓起，按照他提出的“政治强、处事公、文化高、年龄轻”的要求，很快调整建立起以村党支部为核心的领导班子，并解决了群众反映强烈的乱占土地、村上无账等难点问题。经过艰苦细致的工作，工作组清理出部分人多占乱占的36.5亩耕地，并清补建立了自1993年以来的村级账务账目，促使这个村的各项工作大有起色，道路拓修、植树造林、粮食入仓等工作名列全乡前茅，1996年全乡唯一的一次中心工作现场会就是在这个村召开的。1997年正月，面对寺家庄村支书、主任躺倒不干，村上一盘散沙的局面，他又依照乡上安排，带领两名干部进驻该村，马不停蹄地开展工作。他找人谈话，物色人选，部署工作，狠抓落实，一手抓班子建设，一手抓中心工作，很快选出一名有能力、有威望的党支部书记，健全了“两委会”班子，亦为新班子提出“团结、务实、勤政、廉洁”的要求。这些难题逐一解决，使干部群众对他心服口服，交口称赞。

在几年的以点带面、驻村蹲点中，为了及时与乡上和有关方面沟通情况，他常常步行于塬、川之间，跋涉于山坡的羊肠小道。1996冬一次，他因急事要去乡政府，因先天晚上风雪交加，雪深路滑，他挽起裤腿，拄着木棍，深一脚浅一脚地好不容易返回乡上时，鞋子、衣服都结了冰。他只歇了口气，又投入紧张繁忙的工作中……

为民务实苦干

“为民，就要务实苦干。”他是这样说的，也是这样做的。他看到拜家河二组数百口村民祖祖辈辈居住在山坡上，太峪河阻隔了他们与外部世界的联系，用木椽绑成的“奈何桥”常常造成人畜伤亡事故。群众东求西喊，怨声载道；干部心急如焚，无可奈何。杨存时看在眼里，急在心头，下决心解决这个难题。他立即同村、组干部商量，提出建桥事宜。他多处求援，多方协调，利用开会和放假时间东奔西走，筹集资金。从策划启动到竣工通行，杨存时一直紧跟，他常常挥汗在工地上劳动，挖土、拉架子车，样样都干。经过他与干部群众两月奋战，一座长30米、宽4米的石拱桥建成了。拜家河干部群众出于感恩、纪念，请杨存时为大桥题名，他深情地为桥起名“拜东桥”，并题写了3个遒劲洒逸的大字，工匠们细心镌刻在桥的南侧，至今完好无损，向世人昭示着杨存时对这里做出的贡献。

“杨书记的确是一位实干家”，乡民如是说。在全乡农田基建会战中，他和群众同吃同干，不论是酷暑炎炎还是阴雨绵绵，他从不离开工地，总是出现在工程最艰巨、最艰苦的地方。他既推车运土，也挥镢挖土；既当指挥员，又当战斗员。当拜家河一组一位60多岁的老人缺劳力又无架子车，靠一条扁担两只笼运土时，父辈兄长面朝黄土苦耕不辍的身影浮现在眼前，这位铁汉鼻子酸了，硬是从老人手中抢过担子，干得汗流浃背，人们投以赞许敬佩的目光。一位暑假参加劳动的中学生说：“书记还担土哩！这才是真正的共产党员！”当他看到垒筑起的一条条坚实地埂、建成保水保土保肥的层层梯田时，露出了欣慰的笑容。

他深知，用现代科技知识武装当代农民是治穷的根本。于是，他用自己掌握的农业实用技术指导农民科学务农，经常深入田间地头向基层干部、农民群众推广先进的果树管理技术，多次组织果农对他们进行现场操作指导。一次，在拜家河3组一个梨农的梨园进行培训时，梨农涌了一园子，从五六十岁的老农到农家妇女都在认真学习。他还利用雨天和晚上办培训班，集中辅导，讲解梨果作务技术，使这里的彬州梨作务水平上了一个台阶，农民尊称他为“梨书记”。

身正不令则行

杨存时处处从严要求自己，廉洁秉公，清白做人，群众说他“正人先正己”。无论在乡机关，还是带工作组下村，他从不受礼，不占老百姓的便宜。打麻将、跳舞这些“时尚”与他无缘，干部、群众称他是个“正统人”。他身上处处体现出一个共产党人的浩然正气。

1995年6月，他负责制作一批计划生育宣传牌，按市场行情预计需4800元，而他却东抠西掐，一不要回扣，二不多破费，只花了2000元。制牌老板感慨地说：“我在彬县做牌多年，没见过这样正直的人。”他在拜家河这个全乡最大的村蹲点的一年时间，从不搞特殊，唯恐多花村上一分钱。这个村四五家饭馆，他很少涉足。其中一家饭馆的老板初在村委会办事时，见面竟不认识他这位“父母官”。此后他逢人便说：“有这样廉洁的领导，那是我们山区人的福气！”

杨存时爱民、为民，被太峪人传为佳话，尤其对贫苦百姓他更常挂在心。他曾冒着倾盆大雨，察看低智孤儿高某，并将亲戚给他带的食品送去慰问；他心里装着残疾人王某、徐某，多次登门看望，送去衣物粮款，给予多方照顾，帮他们办了残疾证等。但他公而忘私，人们深受感动的是，1995年10月他唯一的儿子过早离世，家人、亲戚，周围的人们，无不惋惜伤痛，他强咽泪水，继续工作。平日里，他白天忙个不停，晚上又习惯于看书读报学理论，写工作体会。他发表在报刊上的《乡镇党委应怎样抓精神文明建设》《乡镇干部怎样讲政治》和《乡镇领导应具备怎样的素质》等文章，既是他的工作体会，又是他的经验之谈，有的文章还被国家级刊物采用。在他和同志们的努力下，太峪乡的党风廉政建设及各项工作迈上了一个新台阶，乡党委被咸阳市委、市政府评为“勤政廉洁党委”。

手硬需两拳出击

作为一名党委主要负责人，杨存时不搞“单打一”，他工作思路宽，理性思维深；不但在经济建设中敢于打硬仗、做硬事，在精神文明建设中也瞅得准、抓得实。用他的话说，就是“手硬，要两拳出击。”

他刚到太峪，就对组织、宣传等党务工作从制度建设入手，抓得实，抓得细。他还建立了入党积极分子和村级后备干部名册，制定了具体的工作方案，其中宣传报道方案被县上转发给各乡镇和县级部门。1995年他根据太峪乡情，提出在全乡实施“一，二，三，四工程”，即抓好蒋家坡这个点；搞好“双学”工作；开展争当“模范村民”“十星级文明户”“模范党员”的竞赛活动；进行“五爱”教育（即爱党、爱国、爱人民、爱社会主义、爱家乡）、法制教育、思想道德教育和科技文化教育。这一举措大得民心，得到大家支持，取得良好效果。年底评出模范村民170人，模范党员21人，乡党委被县委、县政府评为“精神文明建设先进单位”。

1996年初，他乘势而上，率先在全县抓“十星级文明户”的创建活动。他动手拟制出标准、要求和实施步骤，逐村抓、逐户查，又在蒋家坡、北庄抓点带面，使这些地方家家评了星，户户挂上牌，其中“十星级文明户”就达1520户，占全乡总户数的83%，受到县上通报表彰。他还在全县的大会上介绍了这一重大活动的经验，《咸阳日报》以《太峪乡农村精神文明建设的创举》为题，对此进行了专题报道。这个乡

1996年精神文明建设工作在全县年终考核中总分为第一名，被县委、县政府评为“精神文明建设先进党委”。

杨存时在县委多年的秘书工作中养成了善谋、深思的良好习惯，凡事站得高、想得远。他认为，要改变太峪落后面貌，必须抓根本，要从基础教育和素质教育抓起。他把全乡教育工作抓得有板有眼，经常深入村户听取群众对教育工作的意见，和教师一起谈心，帮助他们解决工作、生活中的实际困难，且常常去听课，并查看学生作业。他对全乡百名教师的业务能力、教学情况了如指掌，报纸对此还作过报道。县教育局的同志检查学校工作时惊叹道：“没见过这样努力抓教育的好领导。”

人们称杨存时“半是学者半是官”，是因为他在地理学、方志学和政治理论方面有一定的造诣，特别是对区域地理、彬州梨等有一定的研究。他身处政坛，亦跻身文坛，且著述颇丰。他现任中国地理学会会员、全国党风专委会研究员、《彬县志》执行主编等职。最近，他的事迹、简介被中国社会科学院等编著的《中国当代学者大辞典》收录。

杨存时，这位大山的儿子、人民的公仆，没有因成绩而满足，没有因光环而浮躁，他的性格决定了他仍一如既往，永不停步。他以更实的步伐，更好的姿态，更大的决心，更强的意志，为党、为人民辛勤工作，贡献力量。

（作者秦保平原任彬县应急管理办公室主任，现任彬县人大财经委主任；张德鑫系太峪镇拜家河小学教师。此文发表在1997年8月21日的《咸阳日报》上，发表时有删改。）

追求人生的最佳角度

陕西彬县果业局副局长杨存时在果业局20多年的工作中，有艰辛，有辉煌，然而，始终贯穿其中的只是他一心干事业、一心为群众的奉献精神。

刚到县果业局任副局长的杨存时，首先看到的是农民的观念亟待更新转换，他和同事们热衷于科学，不断采用新的科学技术，运用在果园管理中。他认为，这是农民科技启蒙的希望。

很快，他为农民兄弟送去了他工作之外撰写的《果业与气象》《应在果园精施有机肥》《梨树黄叶病的防治》《陕西水果应“四化”》等文章，为当地果园科学管理提供了科学依据，并被有关报刊采用推广。在任县委办公室综合组长期间，他利用业余时间撰写了约17万字的科普专著《彬州梨》，受到了各级领导、专家和全省果农的广泛关注和好评，原国家农业部部长何康为该书题了词，陕西省副省长王双锡赞扬该书“对彬县乃至全省经济发展、提高干部群众的科技素质，有十分重要的意义”。

在为农民兄弟送去致富知识的同时，为了让县上的果品打开销路，带动相关产业发展，增加更多的就业岗位，他早出晚归，经常穿梭于果农与客商之间，搞协调、做指导。2002年，湖南果商来彬县购果，一些果农闹事，使得果商不能按时启货。在这种情况下，杨存时亲临现场，采用灵活多样的方法，说服、教育果农，保护了果商利益，平息了事态。事后这位果商请他吃饭并要送他锦旗时，被他拒绝。类似这样的“官司”，每年他都要处理200余起。

对于所做的这一切，他只是淡淡地说："这是我应该做的。这样的人生是平淡了点，但却能将最纯洁、最高尚的人生哲学和价值追求保留至人生的终点。"

（作者郝洁、雷念龙为中国《社会保障报》记者，此文发表在2003年5月14的《社会保障报》上）

史海苦渡　成绩卓著

杨存时同志来彬县教育史志办公室工作以来，撰写了《彬县各类学校概况录》《彬县教育人名录》《彬县旧志书有关教育史料录》《彬县师范学校简史》《彬县5校介绍》等专著，在各类报刊上发表了数十篇文章，还组织中心小学以上的各类学校编纂了校史，亲自指导并审稿、定稿。特别是他主持撰修的40多万字的《彬县教育志》，受到省、市教育部门和县人民政府的多次表彰。他是全省撰修教育专志的先行者、开拓者，为后来修志的人创造了一条新路。

艰苦奋斗带头拼搏

1985年冬，根据上级的修志要求，同时考虑到这项庞大工程的难度、强度，县文教局选定杨存时同志具体负责此项工作。时年28岁的他，有压力，但也有决心。纂修《彬县教育志》史无前例，对当时的人来说还都是头一回，他想自己年轻，能胜任吗？但想到组织的信任、领导的鼓励，想到彬县教育的丰硕成果，强烈的事业心和敢于拼搏的精神，使他义无反顾、信心满满地踏上了这条充满挑战与艰辛的道路。

“看准了的事情，我就矢志不渝，永不回头，不干则已，干就要干好”，他是这样说的，也是这样做的。人手少，他在全县物色抽调；没房子，租赁私人住房；经费困难，把支出缩减到最低限度。修志的第一要务是搜集资料。他带领的团队有4个人，他们不惧寒暑，风雨无阻，城区及周围十几里的区域，他们都骑自行车往返，还利用夜谈、约谈、闲谈等方式搜集资料。他们不领补助，不讲报酬，只有对事业的执着。半年多的时间，他带领大家先后去了20多个单位，走访了300多人次，查阅了3700多宗卷案，摘抄了80多万字的资料，还收集了大量图片、实物等。

1986年，他和一位同志去凤县41研究所查阅资料。为了争取时间，他卷起裤腿，不顾个人安危，徒步过河。其实，何止这一件事呢？这些年他任劳任怨，在艰苦的环境里始终坚持前行。白天，他东奔西走，实地走访，在浩若烟海的史料中钻研；晚上归纳整理，去粗取精，去伪存真，经常熬到深夜。在修志的关键时刻，他甚至连轴转，无暇顾及家庭。大家说："他心里装的是事业和同志们，对自己太苛刻了！"是的，他对同事们的饥寒冷暖、头疼脑热关怀备至，给同事买药、端水，而他却从未请过事假、病假，连节假日、寒暑假都不休息，又未领过一分钱的加班费和补贴，一心扑在了党的事业上。他高尚的品德修养和忘我的工作态度令人敬佩。

内研外联攻克难关

当时的条件下编纂教育志说是困难重重一点也不过分。但杨存时和他的同事们越过了一个又一个难关，克服了一个又一个困难。

起初，他们对这项工作都感到很茫然，从理论和实践上对修撰志书都处于盲目状态，于是便在学习中摸索，在探索中前进。他坚持每天组织大家学习方志学，学习《怎样编纂新县志》和《陕西地方志通讯》等刊物中方志专家的著述，掌握志书专业知识。他还组织大家去户县（今西安市鄠邑区）、白水等地学习，力求用新观点、新方法编纂出融思想性、科学性于一体的教育专志，为地方教育行政部门指导地方教育、做好教育改革提供借鉴。

然而，篇目是志书的纲，更是选搜资料的纲，至关重要。首要的问题，而且最重要的问题是确定志书的体例，但是却无章可循。面对这种情况怎么办？在时间紧的情况下，杨存时他们先行参照旧志书和以往的写作经验，按时间顺序记述。好不容易写了几万字，又觉得不够理想。于是，又去省教志办请求指导，没有结果。他只能带回资料，根据自己掌握的方志学理论，反复研究安徽灵璧县、吉林辉南县等地的材料、观点，反复思考，反复试写，最后决定了"横排竖写"的方式，即横列彬县的普通教育、职业教育、中等专业教育、特殊教育和成人教育，再以历史为纵线，从古到今竖写。写了几章后，觉得这样修撰全面、科学，就及时给省、市有关部门汇报。接着，这种篇目结构在1986年10月的咸阳市教育史志工作会议上得到了肯定和支持，省上也向各县推荐，在修志上采用彬县的“横排竖写”的方法。后来，这种方法被普遍沿用。

潜心笔耕无私奉献

杨存时潜心于“不起眼”的“苦差事”，且“明知山有虎，偏向虎山行”。他乐在其中，甘当铺路石，不计名和利。

在教育局教志办工作和主修《彬县教育志》以来，他除严于律己、身体力行外，工作上积极主动，管理有方，坚持原则，确保了这项工作进展的顺利进行。他充沛的精力，惊人的毅力，忘我的工作态度，为各级领导和同志们所称道。

在和同事们苦战的岁月里，他从不瞎指挥，从不盲目行事，坚持用制度管人。他主持制订了10条《编志规则》，对编志指导思想、业务要求、工作人员纪律等提出具体要求，规范大家言行。他还制定了例会制度、请假制度、工作实绩登记制度等，并坚持做好同志们的思想政治工作，经常召开民主生活会，开展批评与自我批评，保证了编志人员较好的素质和应有的战斗力。

外界人说他太年轻，不适合修志，而正是由于这种年龄优势，加上他勤奋好学、勇于吃苦、实干苦干的可贵精神，《彬县教育志》在全市率先完稿，亦居全省前列，为彬县赢得了荣誉。这部多达40多万字的《彬县教育志》，三易其稿，在全省联评中被选为优秀志书，这是他智慧和汗水的结晶。在1987年8月的座谈会上和1989年7月的审定会上，市、县领导一致认为：这部专志反映出了彬县教育战线的时代风貌、教育规律和经验教训，保存了有价值的资料。这更是对他工作的肯定和褒扬。还有洋洋10余万字的《三录》，他竟然一人承担，按时按要求在全省率先完稿，受到省教育厅领导的表扬。他白天查找海量资料，晚上筛选整理，从不打扰其他同志。不仅如此，局领导还时常让他起草一些行政文稿，伴随他的始终是钢笔、墨水、书籍。他这几年的修志笔记就写了5个本子，总计20多万字，业余时间还写了数十万字的作品，这些文字后来均变成了铅字，好几家报社还聘请他当兼职通讯员、评论员。1989年6月，杨存时受到彬县县委的隆重表彰及奖励。

“宝剑锋从磨砺出，梅花香自苦寒来”。年轻的杨存时，谦逊上进，不骄不躁，正在新的征途上争取为党的事业做出更大的贡献！

（这是彬县文教局1989年8月20日按要求上报给陕西省教育厅的材料。在1989年10月陕西省教育厅召开的全省修志工作会议上，杨存时被评为“陕西省优秀方志工作者”，《彬县教育志》被评为优秀志书并批准出版，主管厅长、书法家屈应超专门为该志书题写了书名）

为《彬州梨》叫好

在陕西，一提到彬州梨，就会联想到它的产地彬县，说是彬县这一块热土孕育了彬州梨。彬州梨以皮薄无渣、甜酥汁浓的独特风味和优良品种享誉海内外。近10年来，彬州梨给彬县的果农带来了福音，使他们走向富裕。杨存时同志的新著《彬州梨》，就是记述彬州梨产生、发展的过程，就是展示彬州梨文化价值的成果。

《彬州梨》共10章，约15万字，由陕西科学技术出版社出版。全国人大常委会委员、原农业部部长何康欣然题写了书名，时任陕西省副省长王双锡亲笔作序，陕西省地理学会理事长、中国地理学会理事张远广教授写了前言，著名果树专家雷宗中教授审稿。全书从彬州梨的栽培历史、彬州梨的特点以及栽培地址选择、栽培技术、整形修剪、土肥水管理、病虫害防治、采摘包装、贮藏技术和发展远景等诸方面纵向追溯，横向详述，旨在使人们对彬州梨有一个全方位、多角度的了解。正如王双锡省长在序中评价的那样，该书“对彬县以至各地梨农务梨、发展果品生产，是一本可读的教材。作者根据自己掌握的理论和广大劳动群众的实践经验，从梨的选地栽培、技术管理、病虫害防治到采收、贮藏等各方面，进行了翔实的记述，通俗易懂，便于操作。不仅适于务梨专业户、党政干部参考阅读使用，而且适于不同文化层次人们的学习”。

作为同事，在该书付梓前我有幸先睹为快，翻阅之后，感受颇深。该书文字简洁，语言流畅。可从以下三个方面概括其特点。

第一，技术性强。该书在广泛论证、参考他人研究成果、借鉴其他果品栽培技术的基础上，作者努力探索、大胆挖掘彬州梨的生态习性、适应特性，研究其作务特点，把全书的重点放在技术方面，力求做到观点新、技术新、资料新、数据新。该书既是介绍和推广彬州梨的科普读物，又融入作者的研究成果，堪称彬州梨研究领域的学术专著。

第二，实用性强。作者立足于故乡，从彬县自然地理环境出发，把理论和实践有机地结合起来，文字叙述和图片、表格搭配得当，使读者一目了然，同时便于梨农学习。

第三，可读性强。作者在对梨作务技术规程，特别是在彬地特定气候、土壤等生态因子作用下彬州梨的生产、技术管理诸方面研究得具体、深入，突出了这一地方名产的诸多特点。全书层次清晰，语言简洁，通俗易懂，雅俗共赏，适合不同文化层次、不同行业的人阅读和学习，不仅适宜渭北地区果农学习使用，对其他地区的果农也有一定的参考作用。这部书，对梨农来说，是一本技术指导读物；对文史和科普爱好者来说，是一部彬州梨发展的简史，有一定价值。

彬州梨有着悠久的栽培历史和很高的知名度，我国最早的诗歌总集《诗经》里，对彬州梨已有所记述。然而，这一优良果品，这一古豳人引以为豪的特产，却“养在深闺人未识”，对其研究也一直是个空白。外地人想了解彬州梨的品质特性、作务特点、发展潜力等，苦于无专著。杨存时同志的《彬州梨》，可以说填补了这一空白，这也正是该书的价值所在。

彬州梨香，我们更为《彬州梨》叫好！

（作者陈旭，系彬县新民镇西务村人，原任太峪乡即今太峪镇人民政府副乡长、县人大办副主任。此文发表在1997年第3期《书海》杂志和1997年5月16日的《农家信息报》上）

在《郴州地理》首发式上的讲话

同志们：

在全县人民迎奥运、促发展的喜庆气氛中，我们欢聚一堂，隆重举行杨存时同志所著科普图书——《郴州地理》的首发仪式。我认为这是一件很有意义的事情。在这里，我代表县委、县政府对该书的出版发行表示热烈的祝贺！对杨存时同志在该书撰写过程中所付出的艰辛努力表示衷心的感谢！

杨存时同志在繁忙的工作中，利用业余时间，搜集资料，实地考察，论证分析，精心撰写，经过近20年的艰苦奋斗，终于完成了全县人民期待已久的《郴州地理》一书。《郴州地理》全书约30万字，文笔细腻，内容丰富，图文并茂，全面、系统、详实地反映了郴县1183平方千米县域的地质、地貌、气候、水文、土壤、植被等自然地理概况和工业、农业、交通、人口、旅游等经济地理概况。这是杨存时同志多年辛勤劳动的结晶，也是杨存时同志为家乡人民做出的巨大贡献。

《郴州地理》一书的出版发行，弥补了我县一大空白，提高了县域人文水平，扩大了郴县的社会影响。它对于郴县子孙熟知家乡，对于全国人民了解郴县，对于郴县经济、社会科学的和谐发展，都具有十分重要的现实意义和极其深远的历史意义。

当前，我县正处在改革发展的关键时期，全县经济、社会等各项事业日新月异。杨存时同志为我们带了一个好头。希望全县广大干部职工和社会各界人士，都能像杨存时同志那样，立足本职，服务全局，扬己所长，用己所专，尽其所能地为全县经济发展做出新贡献，共同创造郴县新的辉煌。

《郴州地理》是杨存时同志无私奉献给全县人民的一份厚礼。搞好该书的发行，义不容辞。所以，今天会议结束之后，各部门、各单位都要按照县政府办公室的通知要求，认真组织好该书的发行工作。该领取的领取，该配发的配发，通力协作，密切配合，县科协要全力搞好服务，以确保发行工作顺利进行。

最后，祝杨存时同志百尺竿头，更进一步！祝《彬州地理》发行圆满成功！

谢谢大家！

（李福民，长武人，原任中共彬县县委副书记兼纪委书记、彬县人大办主任。此讲稿是由其本人撰写）

彬县干部群众热读《彬州地理》纪实

继2008年县上安排阅读《彬州地理》、2010年将此书选定为全县高（职）中教材后，2012年县委又将《彬州地理》指定为全县党员干部的必读书籍，县委宣传部《关于在全县党员干部中开展每月读一本好书活动的通知》中明确规定5月为《彬州地理》阅读月，平时更要充分利用时间阅读此书。由此，将《彬州地理》这本书的“读书热”推向了高潮，其间也涌现出许多感人肺腑的读书趣事。

这本由中国地理学会会员、地理学者杨存时撰写的鸿篇巨制，在得到中科院院士、著名科学家舒德干教授肯定、推荐的同时，更引起彬县县委书记李建民同志的关注，他在政务繁忙的情况下认真读了两遍《彬州地理》，认为“此书确实很好，推荐给全县党员干部读”，强调读该书的重要性。县委宣传部在文件中明确要求全县党员干部对此书及相关几本书的学习要写读书笔记，开展多种形式的交流活动；宣传、组织部门建立学习档案，制定考核办法，以提高学习效果。县政府人员和有关领导按照县委要求，每人从新华书店购买一本《彬州地理》，挤时间阅读，深层次研读了解彬州的历史文化。此外，县委常委每人也都有一本《彬州地理》，到彬县任职不久的县委常委、县委宣传部部长谢蓉同志也仔细读完了这本书。县人大办主任李福民同志看了此书后，多次指出这本书对于全方位、多角度了解彬州和建设、发展彬州，具有十分重要的意义，确实是一本好书。

由于县级领导以身作则，带头阅读，影响带动了各部门，以及镇（社区）和各单位的学习。首先，县委宣传部各领导利用业余时间，每人写了1万多字的读书笔记。县委办原刘维彬副主任，病重时还在熟读《彬州地理》，还将部分段落抄记在他的笔记本上。陕西师范大学中文系毕业的教育局局长王泾水，将《彬州地理》摆在书架显眼的位置。由于平时工作忙，他在西安住院时，躺在病榻上读完了该书。县农行陈钊、孙巩等，对《彬州地理》情有独钟，他们找到作者，除当面聆听作者对彬州全面系统的解读外，还专程到高中与师生一道听了作者“解读彬州热爱家乡”的专题报告会，并要作者在该书上签名留念；该单位的其他干部也都争着阅读《彬州地理》。一位退休的国企经理对《彬州地理》爱不释手，读了几遍后说：“这是一部关于彬州的很精彩的报告文学！”还推荐给他的儿子和在县城任教的儿媳阅读。小章镇一位村干部听说《彬州地理》这本书后，专程跑到彬县买回这本书。拿到这本书后，他如获至宝，夜以继日地阅读，还写出了有分量、有深度的读后感，在有关报刊上公开发表，他郑重提出该书是研究彬州文化的著作。县财政局的一位老干部，能将此书中的有关段落和精辟语言流利地背诵下来，他说过去对彬州的认识太肤浅了，读了《彬州地理》才使他完整地、系统地、深层次地认识了彬州，解决了“知其所以然”的问题。他认为县委号召读该书，不仅对党员和现任干部了解彬州非常重要，而且对彬县每个人民特别是青年人更为重要，真是“一书在手，彬州在胸”。

其实，好些部门、单位在集体组织阅读的同时，还把阅读活动通过多种形式展示出来。如县教育局进行了彬州地理知识大奖赛活动，请彬县中学资深地理教师从《彬州地理》中出竞赛题，正式发文安排这项竞赛活动，也正式发文公告了 88 名参赛者的成绩，还举行隆重的颁奖仪式，张丽娜（水口中学）、王东鸽（彬县中学）、王娜（香庙中学）等 18 名优胜者获奖。

（作者史建荣，系彬县北极镇史家河人，中共彬县县委宣传部副部长，在中、省、市报刊发表文章百余篇，多次被评为省、市优秀新闻工作者。2011 年 9 月 20 日的《彬州信息报》头版头条刊发了此文。王彬虎，系彬县果业局办公室主任。此文刊登在 2012 年 6 月 3 日的《今日彬县报》，发表时有删改）

《彬州地理》一书走进了彬县高中课堂

由中国地理学会会员、彬县原档案局局长、彬县科协主席杨存时撰写，著名科学家舒德干教授、彬县县委书记李建民（后任安康市副市长）分别撰写序和前言的《彬州地理》（新版）一书走进了彬县高中课堂和全省人民的视野。个人专著被遴选为高中校本教材，这在全省是史无前例的。

《彬州地理》（新版）全书共 6 章 18 节，24 万字，分自然地理和人文经济地理两部分。该书运用地理学原理，全面、生动地分析、论述了彬县以及渭北地区的地理景观，包括地质、地貌、气候、水文、土壤、生物，以及历史地理、经济地理、交通运输地理和旅游地理等内容。《彬州地理》篇目合理，结构科学，文理交融，图文并茂，论述透彻，融专业性、科学性、文学性、趣味性于一体，凸显了彬县雄浑、壮观、秀美的立体图景，被专家称为有深度、有思想的彬州报告文学。它是人们全方位、多层面了解古今彬州不可或缺的教科书、工具书。该书是杨存时同志花费多年心血撰写的，曾于 2008 年第一次出版，发行后，供不应求。

本着对教育事业的负责和对学生的关爱，经陕西省审定、有关部门决定遴选此书为彬县高中校本教材，并经作者反复修改后，再次出版发行。舒德干教授在序中对该书给予了高度评价："全书写出了专业性、可读性、实用性，写出了作者厚实的专业功底，写出了彬州引人入胜的靓丽风采，值得地理专业人员、大中院校学生、公务员和各界人士，尤其是渭北人、彬州人一读，是值得永久珍藏的好书。"县委书记李建民在前言中写道："《彬州地理》为中、小学师生爱祖国、爱家乡教育提供了不可多得的教材……并希望全县各级领导干部都能够像杨存时这样，注意调查研究，全面研究学问，全面发展；

更希望彬县籍的高校毕业生也能学成归来，在基层创业发展，为家乡贡献才智！”

杨存时同志毕业于陕西师范大学地理系，是近年来活跃在彬州大地上的一位思想前卫、著述颇丰，有成就、有建树的学者型、作家型领导干部。30年来，他在继承彬州文化、传播科技知识、宣传中华文明等方面不断探索，苦思奋书，不懈努力，成就卓著。《彬州地理》作为教科书在彬县高中使用，备受师生期盼和喜爱，必将极大地丰富现阶段高中教学内容，拓宽学生知识面，对当代高中生认知地理学、热爱祖国、热爱家乡，有着重要的现实意义和深远的历史意义。一位高一学生看到该书后激动地说：“太及时了！我们刚上高中就拿到这本彬县百科知识教材，它会促使我们了解彬县、热爱彬县，以后努力去建设彬县……”

一位资历丰厚、德高望重的退休干部由衷而深情地说：“杨存时同志为彬县人民，特别是教育下一代做了一件功德无量的大好事！”

（作者史建荣，系彬县北极镇史家河人，中共彬县县委宣传部副部长，在中、省、市报刊发表文章百余篇，多次被评为省、市优秀新闻工作者。2011年9月20日的《彬州信息报》头版头条刊发了此文）

三级跳罢见才功

写这个题目，我心里既欣喜又不安，因为我是一个地理知识并不丰厚的人，要谈论对学术专著《彬州地理》的感受，很难从学术视角深刻地评说这部力作，然而文友杨存时的信任、大家的鼓励，可谓是一股无形推力，激励了我。

存时以不凡的才气，扎实的文字功底，不懈的追求，圆满完成了《彬州地理》的三级跳，值得倾情而歌。何谓“三级跳”？20世纪80年代末的打印稿《彬县地理》，是《彬州地理》的开端，虽说羽翼未丰，但奠基之功不可没。我认为，2000年《彬县志》的“自然地理志”部分才是《彬州地理》当之无愧的第一跳，我曾以赞许的态度通读了这部专志。第二跳就数洋洋30万言、中国国际文化出版社2008年8月出版的第一版《彬州地理》了，与第一跳比，它的骨骼、血肉更为丰盈，宛若一个清纯少女随着岁月的磨砺，变得成熟，有内涵。第三跳当属新版《彬州地理》，是对丰满版《彬州地理》的瘦身，删繁就简，减为24万字，面目一新后多了一顶“彬县高中校本教材”的桂冠，体现了“更上一层楼”的境界和服务桑梓的目的。三级跳罢上台阶，才气功力欣然收。存时第三跳的成功，得益于他在陕西师范大学地理系的潜心深造，得益于他在担任档案局局长、县科协主席等职务期间的奋力进取，得益于他参与编《彬县志》，主编《彬县教育志》，撰写《彬州梨》的心得体会。

在立冬前后，我读完了《彬州地理》，获益匪浅。舒德干院士、陈苓教授作序、李建民书记分别作前言，这些著名学者、县级主要领导所写的辅文，指出了存时新作的意义，为读懂《彬州地理》画龙点睛。存时的后语，打造出自我解读的名片，这些，不只为《彬州地理》添光增彩，更在于为广大读者释疑解惑。

孙犁先生在《谈读书记》中提出：“哲学著作，以才智道理取胜；历史著作，以材料真实取胜；文学创作，以美的陶冶取胜。”这个重要观点，堪称经验之谈。孙犁先生未谈及地理著作，我想，平素人们总以史地并称，地理著作同样也当以材料真实取胜。存时的《彬州地理》，不但做到了材料真实，而且旁征博引，详细入微，不时进入桑梓情深之境。我认为，学术著作要取得质的飞跃，主要体现在观点的正确，材料的新上。对于这点，《彬州地理》做得较好。为了超越旧作，打造新作，存时在新版中采用了地理学科的最新成果和彬县经济、社会、文化发展的最新材料，经济地理、旅游地理中不乏新颖鲜活部分，对植被、动物的介绍也让我大开眼界。同时，书中对发展农业、防止水土流失、开发利用水资源和旅游资源等问题也提出了切合实际的对策。存时的文字，显然带着性格特点，激情欲沸而流丽多姿。

舒德干院士的卓越见识让人难忘：“越是市县，越是小范围的地区，地理学越具有理论和实际应用意义，越能凸显它的实用价值和对当地经济、社会诸多方面的指导作用。”存时的《彬州地理》，同黄金来老师的《明邠州志点注》《彬县方言》、曹剑的《苻坚评传》《清直隶邠州志点注》、李忠堂的《张舜民诗词辑注》等一样，是彬县文化不可分割的一部分。

一部新作，有其得必有其失，誉为“尽善尽美”，那倒成了十足的虚伪。我想，既然标为“彬县高中校本教材”，24 万字还是长了些，书中尚存可以压缩的空间。地理专著属于学术著作范畴，不同于文学创作，因之应尽量控制修饰语的运用。书中对公刘为后稷几世孙，前后表述不一，有称为“约十世孙”的，有称为“曾孙”的。我个人意见，采用《史记·刘敬叔通孙列传》里的“十余世孙”较为稳妥。这样一来，将不窋称为“后稷的儿子”也就站不住脚了。不窋的活动地域在宁庆一带，其子鞠陶的活动地域在宁庆与豳一带，其孙公刘向东发展，由庆迁豳，然后居豳发展本部族势力，为先周部族的强大奋斗了一生，去世后葬于今龙高塬陵滩，公刘墓与名篇《诗经·大雅·公刘》一样辉耀千秋。

小文写罢心潮涌，豳山泾水皆含情。我虽心累不止，才枯不逮，但小文毕竟为心血所滋，挟有高天厚土的底色，至于优劣精粗，由广大读者去说吧。

（作者郑智贤系彬县城关街道办事处瑶池头村人，原任城关镇官牌村党支部书记。长期笔耕不辍，著述较多，出版有散文集《枣舍心语》）

披肝沥胆经纬故土

在文学的语境里，故乡是温馨的人文名词，所以，文人情怀中都难免有故乡情结。家乡故土，让多少文人雅士泪满衣襟？故乡记忆，是文学不老的话题。

杨存时，是享誉彬县的才子。在彬县，他的名字早已家喻户晓。我平生见过的第一个电视脚本还是他的专题片《古豳新貌》。这样的电视脚本，现在当然是司空见惯，但他编纂的《彬县教育志》，也是蜚声彬县乃至陕西教育界。杨存时是文人？

知道他的时候，先生正在乡镇做领导，后来又在县上好几个局任职。杨存时是政客？

多年来，他接连出版专著，掷地有声地告诉“熟悉”他的人们：他是学者！还是学地理的理科高才生。

相隔10年之后的世纪之交，我参与撰修新版《彬县教育志》。在先生开创性工作的基础上续修教育志，就已经深感先生学识功底的扎实，觉得自己不过是站在巨人肩上手舞足蹈比画动作而已。正如泥头戏的演出，虽然不明就里的观众看到的是我们的精彩表演，其实底下有托举者，只是被围屏遮挡住了。实话实说，我也会有做“泥头人”的不甘，但更多的是对先生所做基础工作的敬佩。

我和他的交集，至于此而已。交情却始于文联的成立和《豳风》杂志的创刊。

文联成立之初，最先想到的人就有他，可是他拒绝加入任何协会。但是，《豳风》创刊，他却积极投稿支持，而且在办刊座谈会上畅所欲言，提出了很好的建议。

先生在陕西师范大学地理系求学期间，在临潼实习时就表现出对地理学的浓厚兴趣，尤其是他对骊山丰富完备的地理信息资料很羡慕，（那里因为特殊的历史、政治因素和战略需要，地质地貌和题图资料非常完备）。他那时就想，要是彬县也能有这样的资料，家乡的山山水水就都“有了坐标”了！

如今，他写的《彬州地理》确实是无声胜有声，既是圆了个人的专业梦，也为家乡地貌画了像，给地层把了脉，给地理位置标注出了经纬。这是他在自身工作的“业余”对自己专业不断钻研和应用的结果，足以让自以为熟悉他的人们看到他扎实的专业知识和丰厚的学问。

研究自然环境的发生、发展、演变规律及其与人类的关系，是地理学的终极目标。这对专门从事地理学研究的专业人员来说就算是皓首穷经也未必能有大建树，而先生凭着自己的执着，竟然利用工作之余和别人休暇的时间做出了惊人的业绩。地理学在自然学科领域的位置十分重要，特别是在人们普遍重视人与环境的关系并力求与之和谐相处而注重环保的当下，就越发显得重要了。然而，大多数地理学家和专业从事地理学研究的科研人员往往把目光投向世界、国家和省级的地理研究，很少涉足市县地理的研究和挖掘。但是，现实社会的需求正好与这种研究相反，在应用中，越是市县甚至更小范围的地区，地理学越具有实际应用意义，越能凸显它的实用价值和对当地经济、社会生产诸多方面的指导作用。

先生既没有随波逐流，在日常事务中混日子，也不好高骛远，追随同门去搞世界地理的研究，他把视线锁定在生于斯长于斯的古彬大地，聚焦于渭北这方神奇的土地，也算是扬长避短，发挥优势。他可以算作“是陕西研究市县一级地理的先行者”（舒德干语）。他利用在大学学习到的全面、扎实的地理专业知识，运用多年积累的较丰厚的地理知识，加之靠“身在此山”之便搜集到的大量资料，通过个人的努力填补了彬州自古以来无地理专著的空白。

先生对彬县乃至周边县和各乡镇以至当地社会各个层面的自然、经济、人文状况熟记于心，对彬州的一草一木了如指掌，这就使他一方面能娴熟地运用地理学原理，综合分析当地的自然和人文地理景观，勾勒出大格局，彰显大气派；另一方面又从概念到原理、从理论到实际，由近及远、由粗及细，将当地地理环境的不同方面概括、梳理、揭示得透彻、充分。他对泾河及其支流对土壤侵蚀及其防治的探究，全面科学，对其在彬县地段的侧蚀、冲蚀及其引起的水土流失问题，着重进行了科学、客观的论述，在专业上达到了一定的深度和广度；他对彬州气候特点及其成因的分析论述，概括得准确，阐释得精辟，剖析得深刻。看《彬州地理》，就如同来到彬县，身处当地的气候中。特别是在“旅游地理”部分，他从环境与旅游的有机统一这一地理学发展的态势出发，站在全新的时代高度审视彬地的旅游资源，并对其进行高屋建瓴的解析。虽然彬县大佛寺石窟、公刘墓、花果山等名胜古迹不胜枚举，但他只用“古、新、奇、全”4个字将其全部概括，客观地指出了旅游发展中的优势和不足。他提出的发展当地旅游业和农业的建议，用新理念、新思维提出了新见解、新思路，切合实际，可操作性强，不仅对发展旅游业提出了自己的看法，而且对水土流失的治理、农业发展的方向等，都有自己的独到见解，这些都折射出先生对家乡的爱恋与关注，以及他善于思考和解决问题的能力。

30万字的《彬州地理》，写出了专业性、可读性和实用性，写出了他厚实的地理专业功底，写出了彬州引人入胜的靓丽风采！这是一部值得地理专业人员、大中学校学生、公务员和各界人士，尤其是渭北人、彬州人阅读并收藏的好书。

他的中学老师、中国科学院院士、著名科学家舒德干先生在为《彬州地理》所做的序中倾情推荐并高度肯定自己的学生“业余”做出的辉煌成果，尤其是在区域地理方面的特殊贡献。他的另一位中学老师、著名地质学者、西北大学教授陈苓先生在回忆他的专业成长过程时，更是赞叹“存时同学却不声不响地从攻学地理专业到写出地理专著，这一跨越很不容易，这是他知识积累、厚积薄发的结果”。

据陈苓教授回忆，学生时代他学习就相当好，而且肯钻研。他品学兼优，曾以全校第一名的成绩考入高中。他很虚心，也很有抱负，后来终于考上了陕西师范大学。毕业后他未留在西安，也放弃了去咸阳工作的机会，死心塌地坚守在彬县。当时老师对他的才能未得到充分发挥感到遗憾，大学同学也一味埋怨他“燕雀之志”。但他的初衷是服务于乡亲父老，尽力为家乡做事。几十年的作为也证明了他不改初衷、矢志不渝地为家乡做奉献的赤子之情。他在彬县的史志、教育、果业等方面写了那么多有价值的东西，就是在用汗水和智慧报答家乡人民。尤其在担任领导的情况下，他还能坚守心志，继续钻研，甚至挑灯夜战，又撰写出了《彬州地理》，实在难能可贵，也实属不易。

先生耐得住寂寞，他在基层淡泊明志，以平常的、健康的心态坚持学习，鏖战著书，尤其是身处官场中，要做学问就得比书斋中的专门研究更多一分辛劳。《彬州地理》这本书铺的摊子很大，用的笔墨很多，有章有节，有文有理，有图有表，有古有今，既涉及自然地理又涉及人文地理。自然地理部分又从地质、地貌、气候、水文、土壤一直写到生物，人文地理从历史地理、人口地理、农业地理、工业地理、交通运输地理写到旅游地理，这本书几乎涵盖了地理学的全部内容。

每个县市都有自己的地理环境和地域特色，涉及范围有限，但“麻雀虽小，五脏俱全”。一个县就是一个社会，各种地理要素具备、各种功能俱全，它是工业与农业、城市与农村、宏观与微观的混合体，综合职能很强，独立性也很强。“县积而郡，郡积而天下，郡、县治，天下无不治。”从国家管理的角度讲，它作为三级行政区具有地域性、可塑性、执行性和决策性的特点。而市、县要治，离不开农业地理、工业地理以至自然地理原理的指导，更离不开地理科学与当地实际的有机结合。但小有小的好处，就是可以更深更细地挖掘其内涵，做出的研究更真实、更准确，对于当地更有参考价值，对当地经济、社会、文化等方面的发展有更好的指导性。《彬州地理》突显了基层实践的重要性。先生长期在基层工作，好处就是能对彬县区域地理做研究，而且功夫不负有心人，他做出了成果。他对彬州山水的识记，是伴随自己的成长加深的。而随着对地理学专业的学习、深钻及尔后工作、生活实践中的深入接触，他有了理性的、深入的认识，“知其然”，这样的认识深化、知识积累，无疑成为这本书的理论铺垫。多年的生活工作实践又使他一直在这个“地理圈”中，看它，认它，琢磨它，问它，想它，研究它，加之前人的成果，尤其是他参修《彬县志》等地方史志的经历，使他有了很多第一手的材料，更重要的是认知面大大扩充。

先生的人生定位和价值取向，便是用激情和智慧服务社会、用汗水和热血报效家乡父老，立身家乡倾情奉献。彬县各种地理景观丰富多彩，各类资源宝贵可观，工业重镇巍踞渭北高原，彬长煤田开发拉开帷幕，在我县经济社会迅速发展的重要时刻，先生的《彬州地理》无疑对我们的文化、科技事业的发展是一大贡献！他数十年如一日，奉献故土，服务桑梓，当地领导充分肯定他在“工作之余写出了这本综合性、专业性、知识性、参考性和可读性很强的《彬州地理》，几乎涵盖了当地自然、经济、人文等方方面面，填充了这方面的空白，是省内外绝无仅有的县（市）级地理专著”。他注意调查研究，钻研学问，工作学习全面发展。“作为一名担任部门主要领导职务的科级干部，在日常繁杂的事务纠缠中能挤时间学习、研究专业性问题，实在难能可贵。”（李建民语）

2008 年 8 月 8 日，在《彬州地理》出版之际，彬县县委、县政府专门举办了高规格、大规模的发行仪式，县党政领导几乎全部出席，一致认为《彬州地理》是研究彬州文化的“奠基之作”，为县域经济、社会事业发展中的科学决策提供了参考依据，为干部、职工学习理论、文化提供了辅助材料，为中、小学师生的爱祖国、爱家乡教育提供了不可多得的教材，为来彬考察、观光旅游的朋友献上了一张完美的名片。

《彬州地理》的出版在县内外产生了不小的轰动效应，被专家、学者认为“是彬州地域文化的经典著作”而备受推崇，并引起了各界文化人士的浓厚兴趣，得到广泛好评，特别是领导干部、公务员和知识分子等纷纷求读。其首版印刷近万册，供不应求。因此，县上专门就其发行工作发文安排，而后选定其为乡土教材再版重印，作为校本教材向全县各高中、职中学生发放。此书自 2009 年正式被选为教科书后，先后 4 次再版。2012 年春，县委宣传部又发文将此书作为向全县党员、干部推荐的 10 本好书之一，要求所有党员、干部必读。

然而，先生并没有被光环晃晕或被鲜花覆没而就此止步。就在 2015 年 6 月，他的又一本地理专著《地理纵横》问世了！

这部专著更加宏阔，涉猎中、外地理，包括天地探秘、三秦解析、神州概览和世界撷趣4大部分154篇，30万字。它集结了先生读大学时撰写的论文、文稿，参加工作后发表的科普文章及近些年的科普作品。其中既有对地理学基本原理的阐述，又有天文学方面的概论；既有普通地理学的科普知识，又有部门地理学的分述研究；既有对学术问题的探索，又有用地理学原理对人们日常生活中一些现象的诠释；既有中国（包括省、市、县）地理特色的描述，又有世界地理景观的简叙。这本书的内容创作跨度达30多年，涉猎知识范围广，囊括了地理学大部分内容；社会适应性强，不同文化层次的人都可读懂。这本书拉近了科学与大众的距离，也让地理学真正走进生活。书中用散文、纪实笔法去写地理事理、阐释地理现象，并以全球视野解读自然地理环境和人文地理环境。同时，这本书撷取人们普遍感兴趣的地理教科书以外的地理现象和地理故事，让人们更多地了解陕西、了解中国、了解世界，尤其是了解不同国家、不同民族的风土人情、地理现象。如果说《彬州地理》是一部系统完整、情节连贯的“本戏”，那么《地理纵横》则是一台精华荟萃、亮点纷呈的“折子戏”。前者用地理学原理从微观上详细解读了彬州，后者则是用地理学观点从宏观视角观看全球，呈现给读者的是地理学从天文到地质、从陆地到海洋、从自然到人文、从社会到经济博大精深、引人入胜的学科内涵和服务社会、服务人类的学科应用价值。

先生坦言，写地理学方面的书，必然应用到大学时代所学的地理专业知识。2004年冬他终于拟出《彬州地理》提纲，接着就动笔了，于2007年夏完稿。其间他“把地理环境变成了心理环境”，工作之余、节假日时间都用在了著书上，常常废寝忘食，乐此不疲。他写彬州的地理，原因是他热爱家乡，熟悉故土；因为他是生长在彬州这块土地上的农民的儿子，对于黄土地的记忆是他生命的底色。他从读书、教书，到著书，乃至从政以后，大部分时间在这块土地上生存，对家乡土地有着天然的深厚感情。他也亲身经历了彬县改革开放的全过程，纵览了这块土地几十年来翻天覆地的变化，总觉得家乡山美水美环境美，因而用自己的地理知识著书，从专业视角对彬州自然地理、人文地理进行叙述和分析评议。他是忠诚地用心再现自己的美好家园。在他眼里，“郴州自然地理丰富多彩，经济地理内涵可观，人文景观星罗棋布，文化积淀厚重深远，学人名家层出不穷，乡风民俗淳正典朴”。广袤辽阔的郴州大地，不仅孕育了博大深沉的豳风郴韵，也给予了郴州儿女一方安稳平和的生存环境，积淀了郴人优良的文化品格，使生息于此的生命群体不受多种思潮的干扰，具有蓬勃向上、奋勇争先的内在潜质，形成“郴郴有礼”的郴州人性格特征。这地方，对于郴州人来说是福祉，也是港湾。

他觉得，自己作为沐浴着先贤创造的文明和这方水土深厚恩泽的现代人，有义务、有责任尽己所能去记录郴州这块母亲般的土地，全方位呈现给世人并留传后人，这也是他对这片土地的一种回报方式。把自己的研究成果和有利于人们生产生活的地理知识，用手中的笔传播出去，造福社会，存史资治，“郴州养我几十年，我还郴州五千年”。他尝试过各种表达方式，觉得只有从地理学的层面，站在科学的视角，用直陈式、科普型的方式，由宏观到微观、从自然到经济，客观、真实地报道郴州，才可能给今人、后人展现出郴州的“庐山真面目”，这就有了《郴州地理》。

无论是求学时期还是工作以后，先生始终研读不停、笔耕不辍，不管条件、境遇如何，他从未间断以自己手中的笔传承郴州文化、传播科技知识、宣扬中华文明。在各种诱惑面前，他固守自己的精神家园，用所学专业服务桑梓。所以，他退居二线后，更勤奋地做学问。更加厚重的《地理纵横》就是他对生命的一份绿色答卷。

《地理纵横》的问世，让很多熟悉他的人都吃了一惊，经常见面的人也没想到他又在默默耕耘而且再出成果。他始终认为，人生除了知识和身体外，一切都是过眼烟云。他把自己的工作、生活分为生命和生存两个层面：在生命层面，希望古典正统的东西能让自己有原则底线，知道坚守什么、摒弃什么；在生存层面，又希望把知识转化为生产力，力求为这个社会做点什么。他自知卓尔不群、争胜好强、求全责备的个性，因此尽量低调处世。他坚持练习书法而且退下来后有长足长进，但是不愿显山露水；笔耕不辍著书写文，常常悄没声儿就在报刊发表不同体裁的文章，这些都是他忠于生活、热爱文化的情感释放。他把业余消遣变成对自然、社会的记录，对个人身心有益，也让读者从中获益。

他自建人生坐标参照系，认为对于一个思想者和写作者来说，凝结着深刻思想之美的文字才是不朽的，文化的渗透力是无以比拟的，即使是时间也无法将其磨蚀。他把精神财富的获取作为自己人生的追求。天地之间不灭的是知识、精神。在先生的人生观里，人生的轨迹是一个封闭的曲线，他觉得从出生时的幼稚到暮年的痴呆，人的一生像是一种回归，很有意思。他青春年少时苦攻地理科学，刚毕业仅做了几年“对口”工作就去从政了，岗位又各不同，如今在业余又重操旧业，挖弄起了本专业地理学，好似还原性地画了一个圈。总结个人的运行轨迹，他对“十年磨一剑”有独到的感悟，那就是他正好每十年完成一本书。1976 年学写的反映知青生活的小剧算是初练文笔；1986 年撰修的《彬县教育志》就算是真正“立说”了，此志虽未及时出版，却是陕西省首部获准出版的专业志书，时任省教育厅主管厅长、著名书法家屈应超题写书名，他本人也因此书受到省上重奖；1996 年陕西科技出版社审定出版了他的科普图书《彬州梨》，国家农业部原部长何康为书题字，陕西省主管农业的副省长王双锡作序，著名地理学家张远广教授写了前言；2006 年，他又写了《彬州地理》。每个十年都是风雨兼程，每个十年都是艰辛伴行，每个十年都是以生命为笔，在生活的大纸上舒写人生长卷。这三本书，可以说是先生人至中年谱写的故乡“三部曲”。

从 2008 年《彬州地理》的出版，到 2015 年的《地理纵横》，似乎打破了他的“十年”规律，节奏显然加快了，既是因为他现在“有闲”了，而且人生阅历更丰富了，是不是还有先生只争朝夕的使命感呢？这几年，他稿约不断，求字者也众，还应邀为单位、个人编审专著多部，超负荷的忙碌不亚于在工作岗位上。还能再出专著，说明他是和时间赛跑的赢者。但愿他能以赤子之情将所学所知全部奉献给这块土地！

（作者刘兆华系彬县永乐镇高辉村人，陕西省作家协会会员、陕西省散文学会会员，文学刊物《豳风》主编，著述较多，尤以散文见长）

为研究彬州奠定基础的人

杨存时的《彬州地理》，是反映彬州地域文化的一本很有意义、很有实用价值的书籍。

孔子曰：“入其国，其教可知也。”对于国家是这样，对于县市也应如此。对于一个地方的历史变革、自然山水、农业、工业、交通、政治、经济、教育、军事，乃至名胜、名人等的研究，都需要这样的地域书籍提供资料。近期出版的杨存时先生的这本书正好顺应了这样的发展要求和人们的文化需求。

彬州是一个历史文化源远流长的地方，周族在这里奠定了文化基础。该书对彬州历史、人物、名胜有比较丰富的专章内容进行叙述。如《彬州地理》第三章中的“建置沿革”，写的就是彬州历史演变方面的内容；第三章中的“古地理综述”和第六章中“名人与彬州”，给我们简述了从西周先祖到之后的帝王，以及先哲、名人等与彬县的关系；第五章中的“名胜古迹”，给我们简述了从大佛寺石窟到龟蛇山等约 40 处彬州名胜古迹。基于书的结构考虑，虽然这些内容为纲要式的叙述，但为我们进一步研究彬州历史演变以及这些人物、名胜等提供了基础信息。

《彬州地理》第一版出版于 2008 年，2009 年作为彬州的高中校本教材使用，此后的历届高中学生人手一册，这无疑是彬州教育界的喜事。正如县委书记李建民在该书前言中所说的，该书“为中小学师生的爱祖国、爱家乡教育提供了不可多得的教材”。余以为可否将黄金来的《彬州志译注》也和杨存时的《邠州地理》一样列入彬州的中学校本教材，它同样对于培养青年学生爱祖国、爱家乡的情感具有教育意义。正如章太炎在《国学概论》中所论述的，学习中国传统文化就要“通小学”“明地理”“知古今人情的变迁”。

“通小学”就是“识字”，这是基础，正如韩愈所说：“凡作文章，宜略识字。”

“明地理”，正如章太炎所说：“我们研究国学，所以要研究地理者，原是因为对于地理没有明白的观念，看古书就有许多不能懂。譬如看到春秋战国的战争和楚汉战争，史书上已载明谁胜谁败，但所以胜所以败的原因，关于形势的很多，就和地理有关了。”而杨存时在《彬州地理》中就有一个新颖的地理推论：“公元前12世纪至公元6世纪，即西周（丰镐）、秦、汉至隋代初，关中一带西北季风占优势，年平均气温下降到8摄氏度～12摄氏度，年平均降水量减少到30毫米～500毫米，气温变得干旱寒冷，寒潮、尘暴、雨水比较频繁，地表堆积了厚约0.5米～1米的风成黄土，植被也转变为森林草原类型。气候变得如此恶劣，干旱灾害直接危及人类的生产和生活，于是人类就将聚落迁往河谷低地近水地区。因而西周丰、镐京城，秦咸阳城，西汉京城长安建在了渭河阶地上。”这个论述，说明了地理与历史之间存在内在联系。

“知古今人情的变迁”，对于这一点，章太炎进一步说“社会更迭地变化，物质方面继续地进步，那人情风俗也随着变迁，不能拘泥在一种情形的”“当政治制度变迁的时候，风俗就因此改易。”这就是历史，这就是历史的变迁，历史的变迁有时因政治、有时因地理，这也说明地理与历史之间有着特殊的关联。

因此，作为研究一个地域历史文化的人，其地域历史和地域地理都是非常重要的必备知识，我们阅读《彬州地理》这本书，对于我们进一步研究彬州文化是非常有益的。

故余以为黄金来、杨存时两位老师是为研究彬州奠定基础的人。

（作者系彬县新民镇小章村人，乡土作家，原任小章镇小章村党支部书记，著有《布谷声声》等。此文撰于2011年9月25日，先后刊登在2011年11月11日的《彬州信息报》上和2011年11月13日的《今日彬县》上）

我，读杨存时

与存时君做同窗好友，是20世纪70年代末期在陕西师范大学。久别重逢，缘于文字的邂逅。邂逅文字，是最美丽的重逢。作为地理系同学，读存时今天的几本地理学专著，别有一番兴趣在心头。走进了《彬州地理》，就走进了存时的文字世界。文字的深处，我感觉到一缕缕花香，婉转着四季的风景，旖旎着彬州的曾经和未来。

在文字里读存时，我读到了人性的纯朴真实。

在文字里读存时，我读到了生活的艰辛，人生的信念和执着的追求。

在文字里读存时，我读到了他对家乡的热爱，对故土父老的挚爱，还有赤子沉甸甸的一份责任。

在文字里读存时，我读到了不经雕琢的文字的雅致。文字传达的情感，无关风花雪月，却是这般真挚朴实。

他笔耕数载，终于把彬州的山河脉络近距离地呈现在每个彬州人眼前。原来文字里的彬州是这般的美丽，让"身在此山中"的古豳儿女读懂了母亲的微笑，大地的丰收。

九月，古城长安的天空清风徐徐。此时，我就在你的文字里。是他，呕心沥血，不辞辛苦，梳理彬州的自然风貌和人文环境，穿梭跋涉在彬州这片土地，获得丰富的调查资料，写成了皇皇巨著《彬州地理》。哦，《彬州地理》带着汗水的晶莹光彩地走了出来，带来了阵阵的墨香和馥郁的乡韵。这是独特、沁心的香，绽放在今天的地理学前沿，是地理科普的鲜葩。

他用文字弹出那醉人的清音雅韵，轻抚着时光的转角。

他用一朵朵花瓣的姿态，绘成一幅彬州水墨丹青的画卷。

他用文字撷取一朵朵花蕊的清香，收藏于岁月。待经年回眸，那读懂的字里行间，流淌着高山流水的旋律，浸漫着四季的果香。

存时君的文字，揉进了岁月，揉进了情感，揉进了四季的花香。灵魂与文字的融合，柔情深种。淡淡的回眸，就有了春雨的沉醉，夏花的浪漫，秋风的缠绵，冬雪的飘逸。

“情结”这两个字，让我想起了刘若英的《为爱痴狂》。曾经自问过，是什么让存时君拥有这份激情？每日辛苦笔耕，直至现在著作接连问世，著述颇丰。我在他的文字里找到了答案，对事业的执着，对生活的热爱，对科学的痴狂，对家乡山水的眷恋，对文字的沉醉。原来，这就是情结所在。

有幸读到存时君的书，为他骄傲，为他喝彩，为他陶醉！

一杯咖啡伴我静静地读他的文字。

很美，很美，真的很美！

这不仅仅是文字，这是醉人的芳菲，这是生命的华采，这是一幅绝美的人生画卷。

欣然读完存时君的大作，情不自禁绉下不成韵调的诗句，聊表钦佩之情：

长醉书林胜若仙，
每天不辍笔如癫。
立说著述人泽惠，
半世风骚自澹然。

（赵佩君，女，旬邑县原底镇赵家庄人，毕业于陕西师范大学地理系，中学高级教师，曾任旬邑县幼儿园园长。此文写于2017年9月1日）

感谢你翻阅这本书

读了这本《心路》，你会看到既有小说、散文、杂文，还有讲稿等，总体呈现“杂”。这，折射出我自幼以来对不同体裁、不同形式文学作品的挚爱和追求，什么都写、什么都爱，而且在不同的工作岗位上，不同的时代背景下，根据工作需要、形势发展和个人思维动脑、动笔，利用某种合适的体裁，抒发自己的情感，谈论自己的看法，并常常有感即发，执笔挥洒，一发而不可收，甚至在夜深人静时还挑灯鏖战。大学刚毕业时被分配到乡下完中任教，我写了《是谁到咱乡村中学来》（歌词），既是自我表白，又是自勉，决心走实、走好第一步。1995年在太峪任职时，我写的《到任新书记》也是自立标杆，自我加压，自觉奋蹄。看到世代期盼的泾河大堤建成，我连夜写了长篇散文《泾河大堤》，既表达了自己的感激之情，又抒发了对时任县委书记李建民能干事、敢干事的气魄、胆识的褒赞！

从书中你会发现，最早的一篇是1971年7月写的。初中毕业时学校要我代表毕业班全体同学在全校师生欢送大会上发言。不过，在十几岁的少年时代，当时我的发言稿只能在语文老师的指导下写成。很巧，在高中就读时，学校安排我代表在校同学在欢送高中毕业生大会上发言。读大学时，我又被选为学生代表，在地理系举行的欢送毕业生大会上发言。这些发言稿，书中只收录了最早的那篇。书中收入的，写得最晚的是2016年的手稿。可见，全书文稿时间跨度达40多年。

流之长者，其源也远。在40多年的岁月中跋涉，必然有自己的故事，这些从书中均可窥斑见豹。有时候脆弱得一句话就泪流满面，有时候坚强得咬着牙走了一大段路也不觉疼，脆弱和坚强都超乎我的想象。在这不算短的征途上，有开怀的笑声，有委屈的泪水，有懵懂的坚持，有茫然的取舍，更有成功的自信，这些都在书中反映了出来。书中收录的都是同种体裁或内容相近作品的代表，是从我30多卷文稿中遴选出来的。

从书中你会体味到其间地理学专业味道的浓厚，尤其是20世纪80年代以来的作品。尽管一些文稿纯属文学作品，但仍然渗透着地理学知识。短篇小说《朱罗济》，其实就是讽刺小说，批评不学无术、又糊弄个假大学文凭的领导，常在单位、在人前装腔作势、打肿脸充胖子，假装有才学，竟将地质学中的专业名词（地质纪年）侏罗纪理解成人名，在大会上点名表扬，给世人留下笑料。特别是我做部门主要领导后的讲稿中，多处出现专业术语或相关知识，这是有意把专业知识融会到实际工作中去，产生了良好的效果。

从书中你会了然，我的作品都是我心灵深处的声音和呐喊，有些文章像是在思考过程中的窃窃私语，没有哗众取宠之意向，也没有激愤无羁之情态，是我用心、用情去写的。有些作品纯是自传式或把自己作为主人公来写。书中没有虚构，没有做作，只有用不同方式来表述某一真人、真事、真境。如《检查》这篇小说，就是我参与检查全县果园管理时遇到的真实情况，书中做了艺术再现，像吴能那样的领导干部满口高调，满身的浮傲之气和虚假劣习，这些我是很反感的。因此，检查结束的当晚，文章就定稿了。当时为了避免稿子发出去有人会对号入座，故在第二年才在一家文艺刊物中刊出。

从书中你会感悟到，每篇文稿都充满了正能量，这和我做人、做事有直接关系。那些无病呻吟、不够健康的东西，是难以侵入我的文稿的，这已成为我的写作习惯——我不是有意搞文字教化，细读全书你会得出正确结论的。正像一位文友这样写我：“秉直豪爽的笔锋，为他英武朗阔的男儿气、壮士气和正直、敞亮的性格平添了人格魅力！”我当初写稿时，大多是出于某种工作的需要，并非当创作对待，更未曾想过公开出版。这些年，我的文稿结集成书先后付梓面世，其间的一些内容也顾不得精琢细雕，所以书中的谬误一定不少，肯望读者指正！

这里，我很感恩那么多朋友为这本书的出版给予大力支持！著名文艺评论家、作家、陕西省作协文学院院长常智奇同志，在百忙中为此书欣然作序；青年作家、“五四”青年奖获得者魏锋同志，千方百计给予本书及我本人各种帮助；乡土作家张文冀同志，在很繁忙的情况下，夜间对小说部分的几篇文章做了修改。我对他们表示诚挚的感谢和崇高的敬意！

杨存时

2017年7月28日